AF190804

Was Du willst

Christine Bernauer-Keller

Was Du willst

Erzählung

Bibliographische Information der Deutschen Nationalbibliothek
Die Deutsche Nationalbibliothek verzeichnet diese Publikation in der
Deutschen Nationalbibliografie; detaillierte bibliografische Daten
sind im Internet über http://dnb.d-nb.de abrufbar.

Copyright 2008 Christine Bernauer-Keller
Satz, Umschlaggestaltung, Herstellung und Verlag: Books on
Demand GmbH, Norderstedt
Foto Umschlagvorderseite: Susanne Klemm
Lektorat: Anni Depuhl-Roth
Printed in Germany   ISBN 978-3-8370-3226-0

Für Erich

Und es kam der Tag, da das Risiko,
in der Knospe zu verharren,
schmerzlicher wurde als das Risiko
zu blühen

Anaïs Nin (1903 – 1977)

John hatte eine Brille getragen, damals, als sie sich zum ersten Mal trafen. Eine kleine runde Brille in Horn gefasst. Die Brille war der Anfang gewesen. Vielleicht. Vielleicht auch nicht. Jedenfalls gab es sie längst nicht mehr. Aber so, wie sie John damals kennen gelernt hatte, genau so hatte sie sich in ihn verliebt. Und damals hatte er diese Brille getragen. Er hatte klug damit ausgesehen, klug und immer irgendwie ein bisschen hilflos. Und genau das hatte sie geliebt.

Außerdem hatte John einen Wirbel über der Stirn. Er hasste diesen Wirbel seitdem er ihn zum ersten Mal im Spiegel entdeckt hatte. Da war er fünf gewesen. Wie oft hatte er sich diese Haarsträhne aus der Stirn geschoben, ganz beiläufig. Manchmal hatte er sie auch einfach mit einer schnellen Kopfbewegung nach hinten geschleudert. Wie sehr hatte sie diese Gesten geliebt, diese Gesten und den hilflosen Blick, wenn sie ihm wieder ins Gesicht fiel. Sie hatte ihm gesagt, dass ihr der Wirbel gefalle, dass er zu ihm gehöre. Und sie hatte ihm gesagt, dass sie den Wirbel ebenso liebe, wie seine Brille. Aber John wollte es nicht glauben. Er konnte nicht glauben, dass sie das an ihm liebte, was er an sich nie mochte. Und als sie ihm sagte, dass sie seinen hilflosen Blick liebe, geriet er fast außer sich. Nein, John wollte niemals hilflos oder schwach aussehen, selbst wenn sie es noch so reizvoll fand. Er wollte stark und erfolgreich sein und das auch ausstrahlen. Und darum hatte er sich sein Leben lang bemüht.

John wollte sich immer verändern, wollte weiterkommen mit allem, was er tat. Leider. Ihretwegen hätte alles so bleiben können, wie es am Anfang war. So und nicht anders wollte sie ihn lieben. Das war ihr John. So hatte sie ihn kennen und lieben gelernt, damals, vor all den unendlich vielen Jahren. Sie hatten doch alles gehabt, und sie war stolz auf ihn gewesen. Sie waren ein schönes und glückliches Paar. Alle hatten sie beneidet. Sie waren jung, attraktiv und erfolgreich. Sie hatten alles erreicht, was man sich wünschen konnte. Er hatte zwar hart für den Erfolg arbeiten müssen, aber das hatte ihnen nicht wirklich etwas ausgemacht. John genoss sein Ansehen und ihre Liebe und gab ihr das Gefühl, sehr wichtig in seinem Leben zu sein. Sie verkörperten die vollkommene Harmonie, Hand in Hand, wo immer sie waren, Seite an Seite.

Schon damals war ihr sehr schnell klar geworden, dass John nicht gern alleine war. Ja, er liebte sie. Aber er brauchte sie auch. Und zwar ständig. Er hatte nur eine einzige wirkliche Angst, hatte er ihr eines Tages gesagt, nämlich die Angst, sie zu verlieren. Er könne sich kein Leben mehr ohne sie vorstellen. Sie hatte gelacht, das wusste sie noch. Es hatte ihr geschmeichelt, ja, irgendwie schon. Es war ein berauschendes Gefühl, so intensiv geliebt zu werden, und vor allem einen Mann zu haben, der einem dies auch sagte. Und natürlich hatte sie ihm geantwortet, dass sie immer und ewig an seiner Seite bleiben wolle, ein ganzes Leben lang. Er brauchte weiß Gott nicht zu fürchten, sie zu verlieren. Niemals. Er hielt sie fest und passte auf sie auf, so jedenfalls empfand sie es, und in dieser Innigkeit fand John die Stärke, das aus sich zu machen, was sein Traum gewesen war. Das war der Anfang gewesen.

Ein paar Wochen, ein paar Monate vielleicht. Was spielt das schon für eine Rolle. Es war das vollkommene Glück, jedenfalls schien es ihr so, ihr und ihm, und wer hätte daran schon grundlos etwas geändert. Das Privileg der Jugend. Man denkt, es gehe immer so weiter, mit der Liebe, mit dem Erfolg, mit dem Leben. Und wer hätte ihnen auch damals sagen sollen, dass das nicht so ist? Wer hätte es gewagt, ihr Glück in Frage zu stellen? Und vor allem: Wozu? Es kam stattdessen ganz von selbst. Und es begann in dem Moment, in dem sie zum ersten Mal zu viel der Nähe spürte, als John zu oft zu nah war. War dieser Moment schon der Anfang vom Ende gewesen? Vielleicht. Vielleicht auch nicht. Sie versuchte sich zu erinnern, wann es begonnen hatte, wann dieser Moment gewesen war. Aber sie konnte keinen genauen Zeitpunkt finden. Irgendwann also, irgendwann im Damals war John ihr oft zu nah, fand sie. Sagen konnte sie ihm das freilich nicht. John hätte sofort an ihrer Liebe gezweifelt, das wusste sie. Es wäre ein erster Bruch gewesen, erste Fragen, die sich gestellt hätten, und auf die sie vermutlich keine Antwort gewusst hätte. Folglich ließ sie diese umfangende Nähe weiterhin zu und verdrängte jeden

Gedanken an ein »Zuviel«. John war glücklich, wenn er bei ihr sein und ihr seine Liebe zeigen konnte, in Worten und in tausend kleinen Gesten, und sie selbst merkte, dass es auch ihr damit am besten ging. John glücklich zu machen war fortan ihr Hauptziel gewesen, und wenn er glücklich war solange sie an seiner Seite war, dann sollte es so bleiben. Jedenfalls wollte sie so lange wie möglich diesen Zustand erhalten, diese Phase, die nichts trüben sollte, die alles überdauern sollte - was wussten sie schon vom Leben!

Natürlich konnte dies nicht ewig so bleiben. Und natürlich kamen Situationen, in denen sie sich vergegenwärtigen musste, dass nicht immer beide glücklich sein konnten, so sehr sie sich auch darum bemühte. Als Sally sie fragte, ob sie mit ihr ausgehen wolle, und als John überhaupt nicht begeistert davon war, weder davon mitzukommen, noch sie gehen zu lassen, da war sie zum ersten Mal enttäuscht gewesen. Sie hatte versucht, mit ihm darüber zu reden, aber jedes Mal war das Gespräch sehr unerfreulich ausgegangen. Also hatte sie nicht mehr mit ihm darüber gesprochen und war auch nicht zum Tanzen gegangen. Sally hatte dafür kein Verständnis gehabt. Sally war anders, anders als sie, aber sie war ihre Freundin. Sallys Gesicht, als sie ihr sagte, dass sie nicht mitgehen würde, weil John es nicht wollte, würde sie wohl nie vergessen.

Dass John ihre Enttäuschung bemerkt hatte, glaubte sie nicht. Ob er überhaupt je gemerkt hatte, was sie fühlte, fragte sie sich seit Jahren. Jedenfalls sagte er nie etwas dazu, und sie fragte nie nach. Aber vielleicht tat sie ihm ja auch Unrecht. Vielleicht merkte er mehr als sie dachte und vor allem mehr als er sagte. Vielleicht waren auch die Rosen, die er ihr mitbrachte, seine Art, seine Gefühle zu zeigen. Seine Gefühle für sie. Aber vielleicht verstand sie das heute besser als damals. Bei jenem ersten Mal hatte sie sich über die Rosen noch sehr gefreut. Er beteuerte ihr, wie sehr er sie liebe und dass sie das Wertvollste sei, was er habe. So geriet diese erste Enttäuschung schnell wieder in Vergessenheit. Die Rosen waren wunderschön.

Sie hatte Sally von den Rosen erzählt und Sally hatte ihr von ihrem Tanzabend erzählt. Aber die Rosen verwelkten und Sally erzählte noch immer vom Tanzen. Sie solle das machen, was ihr Spaß mache, ermunterte Sally sie immer wieder. Was bedeutet schon ein Strauß Rosen, gemessen an dem Spaß, den sie beide wieder haben könnten, ganz so wie früher, als sie John noch nicht gekannte hatte. So kam es, dass sie sich immer öfter bedrückt fühlte, wenn sie mit Sally sprach oder sie traf, und das wiederum schien John durchaus zu bemerken. Er kam zu dem für ihn einzig logischen Schluss, dass nämlich der Umgang mit Sally nicht gut für sie sei und sie sich nicht mehr mit Sally treffen sollte. Sie solle ihre Zeit lieber mit ihm verbringen, meinte er, ergriff ihre Hand und zog sie aufs Sofa. Und sie ließ es widerstandslos geschehen, meistens jedenfalls, damals jedenfalls, und ließ sich von ihm lieben. Sie gab sich ihm hin, er fühlte sich bestätigt und die Welt schien wieder in Ordnung zu sein.

Wieder musste sie an die alte, runde Hornbrille denken. Wann hatte John sie zum letzten Mal getragen? Seine Brillengläser waren nie sauber gewesen. Oft hatte sie für John die Brille geputzt. Oft hatte sie ihm die Brille abgenommen, bevor sie sich die Bettdecke über den Kopf gezogen und sich

11

geliebt hatten. Oft hatte er protestiert, weil er ohne Brille nichts sehen konnte. John wollte ihren Körper sehen. Aber sie liebte die Momente, wenn er ohne Brille neben ihr lag, ein bisschen hilflos und ein bisschen schwach. Erst, wenn er seine ganze Männlichkeit spüren konnte, erst dann fühlte er sich wieder stark. Dann war es gleichgültig, was er sehen konnte oder nicht. Dann fühlte er sich gut. Und irgendwann griff sie auch wieder nach seiner Brille und setzte sie ihm auf. Nun konnte er wieder sehen, aber das spielte dann keine Rolle mehr.

Sie selbst fand nie, dass sie einen schönen Körper hatte. Auch damals, als sie jung war nicht. Eigentlich hatte sie andere immer schöner gefunden als sich. Selbst Sally fand sie schöner als sich. Dass John ihren Körper schön fand, konnte sie nie annehmen. Sie glaubte, er sagte das nur, um ihr eine Freude zu machen. Aber er sagte es immerhin, und er sagte auch, sie wäre nicht seine Frau, wenn sie ihm nicht gefiele. Alles andere sei Unfug und vermutlich komme dieser Unfug von Sally. Sally tue ihr nicht gut und jedes Mal, wenn sie sich mit ihr treffe, komme sie mit Ideen nach Hause, die nicht gut für sie seien. John und Sally konnten sich nicht leiden. Eigentlich nie.

Die Art und Weise, wie er das sagte, war immer die gleiche, egal, ob er über Sally schimpfte, oder über etwas anderes. Immer die gleichen Worte, immer der gleiche Tonfall. Es war so lange her. Später konnte er nicht mehr schimpfen, weder über Sally noch über sonst etwas. Später hatte sie sich oft gewünscht, sie würde sein Schimpfen noch einmal hören können. Später hatte sie nur ahnen können, worüber John vielleicht gerne geschimpft hätte. Damals schimpfte John viel und über fast alles, und die einzige sinnvolle Methode es auszuhalten war, ihn reden zu lassen und einfach zuzuhören. Und er erwartete auch nichts anderes, außer, dass sie ihm zuhörte. Sie brauchte nichts zu sagen, sie brauchte nur zu nicken. Das war sowieso das Beste, was sie tun konnte, denn er vertrug es ohnehin nicht, wenn sie anderer Meinung war, und schon gar nicht beim Frühstück beim Zeitung lesen. Im Grunde, dachte sie bitter, im Grunde wollte John niemals wirklich ihre Meinung hören. Jedenfalls gab es immer Diskussionen, wenn sie sie trotzdem sagte, und deshalb hörte sie auf zu widersprechen und gab ihm einfach Recht. So ließ es sich wenigstens am gemütlichsten frühstücken. Eine Zeitlang wenigstens.

Aber das mit dem Schimpfen wurde immer mehr, und mit der Zeit fiel es ihr immer schwerer, einfach nur zuzuhören oder ihm Recht zu geben. John nörgelte an allem herum, und nichts war ihm gut genug. Als sie sich irgendwann schließlich dazu entschloss, ihm zu sagen, dass sie sein ständiges Nörgeln nicht unentwegt hören wolle, war er zutiefst beleidigt, unterstellte ihr Desinteresse und Gleichgültigkeit. Schließlich war auch sie beleidigt, und sie sprachen drei Tage lang kein Wort miteinander. Zum ersten Mal. Immerhin konnte sie mit Sally reden, was einfach immer gut tat, im Gegensatz zu ihm, der niemanden hatte, mit dem er reden konnte. Deshalb fing er auch am vierten Tag von sich aus wieder an, mit ihr zu reden. John musste reden. John musste einfach reden, und wenn er mit niemandem reden konnte, ging es ihm schlecht. Er brauchte sie und er sagte auch, dass er sie brauchte. Also hörte sie ihm wieder zu und stellte außerdem Fragen zu allem, was er ihr erzählte, damit er nicht glaubte, er sei ihr gleichgültig. Ja, sie hatte aufrichtig versucht, sich für alles zu interessieren, was ihn interessierte, alles anzuhören, was er zu sagen hatte.

Das Schwierige dabei war und blieb, dass John immer etwas zu sagen hatte und es fast unmöglich war, ihm nicht zuhören zu müssen. Genauso schwierig war es infolgedessen, auch einmal allein zu sein, und sei es nur, um ein paar Gedanken nachzuhängen, etwas zu lesen oder in Ruhe zu telefonieren. John war da. Er war zu hören und zu sehen. Er war einfach immer da und immer um sie herum, er suchte ihre Nähe, ihr Gehör, ihren Körper. Wie oft hatte sie sich ein ruhiges Plätzchen im Schatten des Rhododendrons im Garten gesucht, in der Hoffnung, alles hinter sich zu lassen und ein bisschen abschalten zu können. Aber es war vergebens. John fand sie. Er fand sie und setzte sich zu ihr auf die Liege. Und sie rückte zur Seite, um ihm Platz zu machen, ganz automatisch. Einfach so. Und dann erzählte er wieder von dem, was ihn gerade beschäftigte, und irgendetwas beschäftigte ihn immer. Und wenn es nichts Aktuelles gab, womit er sich beschäftigte, dann schwärmte er von ihrem Garten, vom Rhododendron und schließlich von ihrem Körper, der da so ausgestreckt und einladend neben ihm lag. Er fand sie immer einladend und schön und ließ sich gerne – vor allem in jüngeren Jahren – dazu verleiten, das zu tun, von dem er dachte, sie wünschte es sich, nämlich sie zu streicheln, solange, bis sie alle inneren Widerstände aufgab, was er hochzufrieden als aufrichtige Hingabe deutete. John meint es gut mit mir, sagte sie sich dann. Er will mich verwöhnen, weil er mich liebt. Was sie verschwieg, war, dass sie manchmal gar nicht verwöhnt werden wollte. Dass sie lieber allein gewesen wäre. Aber das hätte er nicht verstanden. Und weil er es nicht verstanden hätte, wäre er gekränkt gewesen.

Es war so viel Zeit vergangen seit damals, Jahre, von denen sie nicht wusste, wo sie geblieben waren. Sie versuchte, ihre Gedanken zu ordnen. Was war vorher, was war nachher gewesen? Wie lange hatte sie zu allem JA gesagt? Ganz am Anfang war John nicht so empfindlich gewesen. Später reichte schon ein Wort. Ein falsches Wort, und er war beleidigt. Reden darüber konnten sie auch nicht, denn er hasste nichts mehr als Gespräche über ihre Beziehung. Was nutzte es da schon, dass sie ihm erklärte, dass man in guten Beziehungen über die eigene Partnerschaft reden müsse. Er wollte es nicht hören, geschweige darüber reden, also schwiegen sie. Zumindest über dieses Thema. Für ihn war klar, dass solche Ideen nur von Sally kommen konnten, wofür er sie ein weiteres Mal verfluchte, und wenn sie widersprach, verwickelten sie sich in ein Streitgespräch über Sally, und der eigentliche Anlass war vergessen. Also war es am besten, nichts zu sagen, dann gab es wenigstens keinen Streit, keinen über ihre Ehe und vor allem keinen über Sally.

Die Uhr schlug zwölf. Sie zuckte zusammen. Es war längst nicht mehr Mittag. Aber die alte Wanduhr ging schon seit Jahren nicht mehr richtig. Sie war nie richtig gegangen. John wollte sie immer reparieren, aber er hatte es nie getan. Er liebte alte Sachen, und er liebte diese alte Uhr. Sie hatte John oft gebeten, die alte Uhr wieder richtig einzustellen und nie verstanden, dass es ihn nicht störte, dass sie nicht richtig ging. Neben der Wanduhr hing noch immer das Kinderfoto von John, das sie so sehr liebte. Es zeigte John, der in einem Sandkasten Sandkuchen backte. Er musste ungefähr fünf Jahre alt gewesen sein. Wahrscheinlich liebte sie dieses Foto deshalb so sehr, weil es sie an eines ihrer ersten Treffen mit ihm erinnerte. Sie hatten auf einer Bank im Park gesessen und Kindern beim Spielen zugeschaut. John hatte von seiner Kindheit erzählt, und sie hatte aufmerksam zugehört, um soviel wie möglich über ihn zu erfahren. Sie kannten sich noch nicht lange. Ein kleines Mädchen fiel von der Schaukel und weinte bitterlich. Sie war sofort aufgesprungen, um dem Mädchen zu helfen, doch da kam auch schon die Mutter und drückte dem Kind einen Teddy in den Arm. Das Mädchen schluchzte noch einmal und schaukelte schon gleich wieder fröhlich weiter. Als sie wieder bei John auf der Bank saß, erzählte sie von ihrem eigenen alten Teddy. Sie hatte auch einmal einen gehabt. Aber ihre Mutter hatte ihn zum Sperrmüll gegeben, als sie von zu Hause ausgezogen war. Das hatte sie ihrer Mutter nie verziehen. Weil John dazu aber nichts gesagt hatte und weil sie glaubte, ihn mit ihren Geschichten aus ihrer eigenen Vergangenheit zu langweilen, redete sie von etwas anderem.

Das war am Anfang. Ganz am Anfang. Wenige Wochen nach diesem Treffen hatte sie Geburtstag gehabt. John hatte an diesem Tag besonders viel zu tun, wollte sie aber trotzdem abends besuchen kommen, hatte er versprochen. Ein bisschen traurig gewesen war sie schon, dass er ausgerechnet an ihrem Geburtstag nicht mehr Zeit für sie hatte. Aber sie sagte nichts, weil sie nicht wollte, dass er wegen ihr in Bedrängnis kam. Stattdessen bereitete sie alles für einen romantischen Abend vor, zog ihr bestes Kleid an und wartete. Doch John kam nicht, und als die Kerzen abgebrannt waren und die Musik sich zum hundertsten Mal wiederholt hatte, setzte sie sich aufs Sofa und weinte. Sie wollte nicht ärgerlich auf ihn sein und dachte sich Entschuldigungen dafür aus, weshalb er wohl nicht gekommen sein mochte. Aber die Enttäuschung darüber nagte in ihr, und sie stellte fest, dass sie sehr wohl ärgerlich war und es verdammt weh tat. Das Warten und das Hoffen taten weh, und die Enttäuschung tat weh, ein drückender, dumpfer Schmerz tief im Inneren ihres Herzens. Dass dieser Schmerz, den sie später noch so gut kennen lernen sollte, ihr ständiger Begleiter würde, das hatte sie damals noch nicht gewusst. Damals hatte sie einfach nur auf ihrem Sofa gesessen und John in Gedanken beschimpft. Und danach kam die Ungewissheit. Zweifel fraßen sich durch ihre Gedanken. Vielleicht lag es an ihr, dass er nicht gekommen war. Vielleicht hatte sie etwas falsch gemacht. Vielleicht liebte er sie nicht mehr. Statt weiter schlecht über John zu denken, begann sie schlecht über sich selbst zu denken. Sie war nicht gut genug für ihn. Sicher hatte er eine andere gefunden, die besser war, schöner, unterhaltender, verführerischer als sie. Und je mehr sie darüber nachdachte, was sie alles falsch gemacht haben könnte, desto mehr fiel ihr ein.

Schließlich hatte sie in ihrer Verzweiflung Sally angerufen. Als sie ihr auseinandersetzte, was sie alles falsch gemacht hatte, unterbrach Sally sie energisch und versuchte sie davon zu überzeugen, dass John einfach nicht der richtige Mann sei. John hätte eine Frau wie sie gar nicht verdient, sie solle ihn am besten ganz schnell vergessen und sich einen anderen suchen. Ja, so war Sally. Immer direkt. Sie sagte, was sie dachte, ob man es hören wollte oder nicht. Aber das, was Sally in jener Nacht über John von sich gegeben hatte, hatte sie gar nicht hören wollen. Sie wusste, dass sie ihn nicht einfach vergessen konnte, und sie wusste, dass sie es auch gar nicht wollte. Und außerdem wusste sie, dass sie nicht wollte, dass Sally schlecht über John dachte, aber dies hat sich nie geändert.

John kam jedenfalls in jener Nacht nicht mehr. Immer wieder war sie zum Fenster gelaufen und hatte nach ihm Ausschau gehalten, aber kein Auto fuhr vor, niemand war mehr unterwegs. Die Straße war schwarz und verlassen. Schließlich hatte sie die Flasche Sekt allein getrunken und sich danach so elend gefühlt, dass sie betete, er möge jetzt wirklich nicht mehr kommen. Sie flüchtete sich in ihr Bett, zog sich die Decke über den Kopf und fand, dass das von allen ihren Geburtstagen der grauenhafteste gewesen war.

Wie überrascht war sie gewesen, als sie am nächsten Abend von der Arbeit nach Hause kam, und ein großes Paket vor ihrer Haustür fand. Noch überraschter war sie aber über den Inhalt des Pakets. In feinem Seidenpapier verpackt fand sie einen Teddy mit einer großen roten Schleife um den Hals. An der Schleife hing eine Karte, auf der stand: *Ich heiße Johnny und möchte Dich immer dann trösten, wenn der große John nicht da ist.* Zutiefst gerührt waren ihr sofort die Tränen gekommen, diesmal aber vor Glück, und Johnny war von jenem Augenblick an ihr großer Tröster. Eine Zeitlang wenigstens. Sie nahm ihn mit ins Haus, setzte ihn aufs Sofa und erzählte ihm alles. Von ihrer Enttäuschung, ihrem Ärger, ihrem Schmerz und Johnny hatte geduldig zugehört. Seine schwarzen Knopfaugen schienen alles zu verstehen, seine Plüschohren alles zu hören. Er behielt jeden ihren Gedanken bei sich wie ein wohlgehütetes Geheimnis, und sie wiegte sich in der süßen Gewissheit, dass John sie doch nicht vergessen hatte und fieberte seinem nächsten Besuch entgegen.

Zwei Wochen später war John dann endlich gekommen. Er war verreist gewesen und sie konnte es kaum erwarten ihn zu sehen. Wieder hatte sie Kerzen angezündet, Sekt kaltgestellt und ihr bestes Kleid angezogen. Johnny saß auf dem Sofa. Sie war so aufgeregt gewesen, dass sie erst tief durchatmen musste, bevor sie die Tür öffnen konnte, als es endlich klingelte. John hatte einen üppigen Strauß rote Rosen im Arm. Dass sie Rosen nicht mochte, schon damals nicht, hatte er nicht wissen können. Männer bringen Frauen immer Rosen, weil Rosen dazu bestimmt sind, die Blumen der Liebe zu sein. Und deshalb müssen sie seit Menschen Gedenken dafür herhalten, als Liebesbeweise oder Entschuldigungen zu dienen. Dabei gefielen ihr Tulpen viel besser, aber sie hatte nie welche bekommen, auch später nicht. John verschenkte, was er gut fand. Und er fand Rosen gut. Aber das kümmerte sie damals nicht. Noch nicht. Abgesehen davon, dass sie verzweifelt nach einer passenden Vase gesucht hatte, während John sich über Johnny amüsierte, der auf dem Sofa saß. Ob das Johnnys Lieblingsplatz sei, wollte er wissen. Meistens nehme sie ihn mit ins Bett, hatte sie ganz unbekümmert geantwortet. John hatte laut gelacht. Er fand, dass es jetzt an der Zeit sei, dass Johnny den Platz mit ihm tauschte und küsste sie.

Damit hatte sie nicht gerechnet, jedenfalls nicht so schnell. John drückte sie an sich und küsste sie noch einmal. Dann fühlte sie seine Hände auf ihrem Rücken, wie sie den Reißverschluss ihres Kleides suchten. Eigentlich wollte sie das nicht. Nicht so schnell. Nicht jetzt. John öffnete den Reißverschluss und sie fühlte seine warmen Hände auf ihrer Haut. Sie fühlten sich angenehm an. John sagte ihr, wie sehr er sie vermisst und wie sehr er sich auf sie gefreut habe und zog sie weiter aus. Es war ungewohnt so vor ihm zu stehen, und weil sie nicht wusste, was sie sagen sollte, und weil sie ihn nicht enttäuschen wollte, begann sie sein Hemd aufzuknöpfen. John trug sie ins Schlafzimmer. Johnny müsse jetzt draußen bleiben, sagte er mit gespielt ernster Miene. Das alles war ihr viel zu schnell gegangen damals, aber sie hatte nichts gesagt, wie so oft später auch. Damit er sich ebenso hilflos und unsicher fühlte wie sie, nahm sie ihm die Brille ab. Dann liebten sie sich zum ersten Mal.

Sie seufzte. Ein warmer Schauer durchströmte ihren Körper, die Erinnerung an damals tat gut. Die Erinnerung an das »Damals« vom Anfang. Das »Damals«, als alles noch gut war. Nach all den gemeinsamen Jahren, all dem, was gekommen und gegangen war, gab es so viele »Damals«. Wärmende, die einen durchströmen wie erste Sonnenstrahlen im Frühling. Kalte, die man im dunkelsten Keller des Unterbewusstseins einsperrt und nie mehr herauslassen möchte. Die ersten »Damals« aber, die am Anfang, die waren gut.

In jener Nacht, als sie sich zum ersten Mal geliebt hatten, erfuhr sie von John, wo er an ihrem Geburtstagsabend gewesen war. Sie hatte John längst verziehen, aber es tat gut, dass John sich bei ihr entschuldigte. Von dem, was sie selbst an jenem Abend gedacht und gesagt hatte, erzählte sie nichts. Vor allem erzählte sie nichts von dem Gespräch mit Sally. John mochte Sally von Anfang an nicht und mochte es auch von Anfang an nicht, wenn sie sich mit ihr traf. Trotzdem wurde Sally wenig später ihre Trauzeugin. Sally war ihre beste Freundin, und irgendwann hatte er eingewilligt. Sally war zwar von Anfang an der Meinung gewesen, sie hätte John niemals heiraten dürfen und hatte noch eine Zeitlang versucht, sie umzustimmen. Weil es aber ihre beste Freundin war, die heiratete, hatte sie ihr den Gefallen getan und die Eheschließung bezeugt.

Überglücklich war sie gewesen als frischgebackene Ehefrau. Sie wusste, dass John ein ordentliches und behagliches Zuhause schätzte und bemühte sich sehr, ihm ein gemütliches Nest zu bauen, in dem sie sich beide richtig wohlfühlen sollten. John brachte ihr oft kleine Geschenke mit, und abends saßen sie mit Johnny auf dem Sofa und unterhielten sich stundenlang. Sie erzählte von ihrer Arbeit, und er erzählte noch mehr von seiner. Schon nach verhältnismäßig kurzer Zeit erzählte sie immer weniger von sich, da ihr Johns Arbeit viel interessanter vorkam und sie sich sehr dafür zu interessieren begann. Er hatte eine eigene Firma, ein gutgehendes Geschäft für Spielwaren und Modelleisenbahnen mit einem schönen Laden mitten in der Stadt und vielen Stammkunden. John konnte sehr gut mit Menschen umgehen, sie beraten, ihnen das Gewünschte beschaffen und hatte sich bereits einen gewissen Namen in der Stadt gemacht. Das Geschäft lief gut, die Umsätze stimmten und John war zufrieden.

Dann kam der Tag, an dem er zu ihr sagte, er könne sich jetzt vorstellen, einen echten, richtigen Johnny zu haben. Das sei das Einzige, was ihnen zum vollkommenen Glück noch fehle. Wie fassungslos war sie damals gewesen, fassungslos vor Glück. Einen echten, eigenen, kleinen Johnny. Ihre Begeisterung war grenzenlos, und John war ebenfalls überglücklich, weil seine Idee sie so begeisterte. Kurzentschlossen hörte sie auf zu arbeiten. Stattdessen kaufte sie Kataloge für Babyausstattung aller Art und vertiefte sich stundenlang darin. Überhaupt las sie alles, was ihr über Babys in die Finger kam, und John ließ sich überraschend geduldig davon erzählen, wenngleich sie oft das Gefühl hatte, dass er ihr im Grunde gar nicht zuhörte. Aber immerhin gab es jetzt auch wieder etwas Interessantes, von dem sie erzählen konnte.

Die Zeit, in der sie auf Johnny warteten, war eine schöne Zeit. Die gemeinsame Vorfreude schuf eine innige Verbundenheit, die alle gelegentlichen Unstimmigkeiten verdrängte und die Wochen und Monate in harmonischem und hoffnungsvollem Einklang verstreichen ließ. John hatte ihre Offenheit und Bereitwilligkeit sehr genossen, und sie hatte in ihrer bedingungslosen Hingabe nicht nur Mittel zum Zweck, sondern auch zwingende Notwendigkeit gesehen. Mutter zu sein, dieser Gedanke war neu und süß. Sie war sich sicher, dass Johnny aussehen würde wie John. Wie John in klein. Wie John am Anfang, unschuldig und hilflos, mit Brille und Wirbel. Aber trotz all ihrer Bemühungen – und es war zunehmend zur Bemühung geworden - kam kein Johnny. Ein Jahr lang liebten sie sich jede Nacht. John war oft erschöpft von der Arbeit, und ihre Hingabe diente nur noch der Zweckerfüllung. Hoffnung und Enttäuschung wechselten sich ab und beherrschten die monatlich schwankenden Stimmung bis zum Zerreißen. Sally riet ihr, endlich zum Arzt zu gehen, um diesem Martyrium ein Ende zu setzen, denn der Zermürbungsgrad wurde immer unerträglicher und da sich jeden Monat das gleiche Drama wiederholte, hatte wohl auch Sally keinen anderen vernünftigen Rat mehr für sie gehabt. Der Arzt hatte sie untersucht und versicherte, dass bei ihr alles in Ordnung sei, was sie einerseits erleichterte, andererseits erschreckte, denn die Tatsache, dass es demnach an John liegen musste, machte es nicht einfacher. Sagen konnte sie es ihm jedenfalls nicht und da sie schon von ihrem Arztbesuch nichts gesagt hatte, beschloss sie erst einmal über die Angelegenheit zu schweigen. John hielt von Ärzten nicht viel und hätte ihr ohnehin nicht geglaubt.

Noch ein halbes Jahr verstrich, ohne dass Johnny kam, und sie trug immer schwerer an ihrem Wissen. Und dann, als sie ein weiteres Mal mit der monatlichen Enttäuschung kämpfte, geschah das, womit alles Folgende seinen unausweichlichen Gang nahm. In seiner Unwissenheit und Ahnungslosigkeit sagte John, den ihre Stimmungstiefs mittlerweile mehr nervten als bedrückten, sie solle sich doch untersuchen lassen, weil sie ja vielleicht gar keine Kinder bekommen könne.

Sie erinnerte sich an diesen Moment, als wenn es gestern gewesen wäre. Dies war der Anfang gewesen. Damit war es losgegangen. Wie gerne hätte sie diesen Moment rückgängig gemacht, ausradiert aus ihrem Leben, aus ihrem gemeinsamen Leben. Die Enttäuschung der vielen Monate, das ständige Hoffen und Warten und dann wieder die Enttäuschung und wieder das Hoffen und Warten, die Nächte, in denen sie sich liebten und doch keiner von beiden wirklich beim anderen war und dann nun Johns Äußerung, sein Rat, den sie als große Kränkung erlebt hatte, weniger wegen dem, was er gesagt hatte, sondern vielmehr weil er mit einer unerschütterlichen Selbstverständlichkeit davon ausging, dass es an ihr liegen müsse.

All das brach auf einmal aus ihr heraus, ein heißer Strom an Worten, der nicht aufzuhalten war, der sie mit sich riss in einem Strudel von Gefühlen, der zwischen ihnen hindurch rauschte, unüberwindbar, trennend und unversöhnlich. Auch John wurde mitgerissen von der Heftigkeit ihrer Worte und kämpfte gegen deren Macht. Er hätte früher davon erfahren müssen. Sie hätte es ihm sagen müssen. Er hatte ein Recht darauf gehabt. Es ging nicht nur um sie. Nicht immer nur um sie. Nicht nur um ihre Gefühle. Und als sie ihm versucht hatte zu erklären, dass sie genau aus Rücksicht auf seine Gefühle geschwiegen hatte, dass sie die Hoffnung trotzdem nicht aufgeben wollte, da sie sich doch beide auf Johnny gefreut hatten und auf ihn warteten, da begann John auf den Arzt zu schimpfen und verlangte den Untersuchungsbericht, den er einem andern Fachmann zeigen wollte. Aber den Bericht hatte sie weggeworfen, damit er ihn niemals finden konnte, was John noch mehr in Rage brachte, denn nun mutmaßte er, sie hätte das alles nur erfunden, um einen Schuldigen zu finden für ihre eigene Unfruchtbarkeit.

Dieses Wort saß wie ein Schlag ins Gesicht. Seine Eitelkeit war zutiefst verletzt, sein Selbstverständnis als Mann hatte einen schweren Schlag erlitten und entsprechend verhielt er sich. Er schlug einfach zurück. Er schlug zu ohne etwas zu verstehen. Er verstand nichts. Überhaupt nichts. Und am wenigsten verstand er sie. Natürlich hatte sie angefangen zu weinen. Vielleicht ist es das einzige, was Frauen bleibt, wenn sie sich hilflos fühlen. Es war kein Klischee, offensichtlich nicht. John schaute sie verständnislos an und meinte, er habe wohl mehr Grund zum Weinen als sie, da seine eigene Frau ihn als Schlappschwanz betrachte. Zum ersten Mal ging er ins Bett ohne ein Wort zu sagen. Zum ersten Mal spürte sie größten Widerwillen, sich zu ihm legen. Zum ersten Mal schlief sie im Wohnzimmer auf dem Sofa.

In dieser Hinsicht hatte sich nicht viel geändert. Sich neben John zu legen, wenn sie gestritten hatten, das hatte sie immer gehasst. Sie schaute zur Schlafzimmertür hinüber. Nichts war zu hören. Was würde sie erwarten? Sie wandte den Blick wieder ab, ab von der Tür, ab von diesem Zimmer. Wie oft hatte sie daran gedacht, auf dem Sofa zu schlafen, auf das sie sich nun erschöpft sinken ließ. Sie fühlte das kühle, glatte Leder und streckte sich der Länge nach aus. Sie hatte es nur selten gewagt. Sie hatte vieles viel zu selten gewagt. Damals jedenfalls. Damals war sie dann immer doch wieder zu John unter die Bettdecke gekrochen, egal was vorgefallen war, egal wie unangenehm es ihr war, denn wenn sie es nicht tat, war hinterher alles nur noch schlimmer. Und John hatte sich daran gewöhnt. Er hatte sich daran gewöhnt, dass sie zu ihm kam, zu ihm ins Bett. Er hatte sich daran gewöhnt und wartete. Dann lagen sie reglos nebeneinander und starrten schweigend ins Dunkel des Zimmers. John begann nie als erster zu reden. Wie eine Schlange, die darauf wartete zuschnappen zu können, lauerte er darauf, dass sie zu reden anfing und ganz gleichgültig, was sie dann sagte, schnappte er zu. Jedes Wort war ihm recht. Er biss sich daran fest, drehte und wendete es, zerlegte es in tausend Teile und ließ es nicht mehr los. Wenn er anfing, war er nicht mehr zu bremsen. Wenn ES anfing, war ES nicht mehr zu bremsen. Keine Erklärung, keine Rechtfertigung, nichts konnte sie aus dem Würgegriff seines Unmuts erlösen, solange, bis er beschloss, sie loszulassen. Erst dann fand Versöhnung statt, erst dann, mitunter in den frühen Morgenstunden. Doch auch die Versöhnung unterlag bestimmten Regeln, unausweichlich und zwingend, seine Hände, die auf ihrem nicht bereiten Körper auf- und abglitten, irgendetwas suchend, was sie in jenen Nächten nicht finden konnten und die dessen ungeachtet die Versöhnung zu vollbringen versuchten. Erst wenn John in einen erschöpften Schlaf fiel, war die Versöhnung vollzogen. Für ihn war es so - immer.

Und irgendwann schlief auch sie ein, hoffend, dass nach dem Aufwachen alles vergessen sein würde, ausradiert und weg. Aber es blieben jedes Mal Wunden zurück, Wunden, die zwar heilten, doch die Erinnerung an den Schmerz blieb. Irgendwann sagte sie nichts mehr, wenn sie sich zu ihm legte. Dass John dies als stillschweigendes Schuldeingeständnis ihrerseits betrachtete, hatte sie in Kauf genommen. Sie nahm auch in Kauf, dass sie den Frieden, den sie dadurch hatte, mit ihren Gefühlen teuer bezahlte. Anfangs hatte sie sich als Opfer gefühlt, später entdeckte sie die Macht, die sie mit diesem hohen Preis erwarb. Aber erst viel später. Damals hasste sie es, sich neben John zu legen, seine Stimmung auszuhalten und abzuwarten, bis sie vorüber ging. Und sie hasste sich, weil sie nicht den Mut aufbrachte ihrer eigenen Stimmung nachzugeben und auf dem Sofa zu schlafen.

Damals, nach dem Streit über das Ergebnis ihres Arztbesuchs und Johns anhaltender Verbitterung darüber, damals mischte sich ein neues Gefühl unter die ihr bekannten, bisherigen Gefühle, das Gefühl der Ernüchterung. Sie war enttäuscht von John, sie war enttäuscht, dass Johnny nicht kam, und sie war auch enttäuscht von sich selbst. Diese Enttäuschungen, die nun Arm in Arm mit einer gnadenlosen Ernüchterung durch ihren Alltag schlichen, hinterließen eine graue, trübe Spur der Zweifel, die ihr einstiges Glück verwischten und in Vergessenheit tauchten. Die vielen Wochen und Monate, in denen sie sich auf Johnny gefreut hatten, wurden verschluckt vom Strudel einer dunklen Hoffnungslosigkeit. Eine Lösung war nicht in Sicht. John wollte nicht mehr darüber sprechen. Es gab keine Lösung, es gab keine Hoffnung, und es gab keinen Johnny.

Vielleicht hätte sie wieder gehen, vielleicht erst gar nicht wieder kommen sollen. Die Erinnerungen spülten Bilder ihres Lebens durch ihre Gedanken wie Wellen am Strand, eines nach dem anderen, unaufhaltsam, Bilder über Bilder, blasse und kräftige, schöne und schreckliche, und sie ließ es geschehen. Sie sah das Loch vor sich, das große, tiefe, schwarze Loch, das sie im Garten gegraben hatte. Wieder schrie es in ihr: Geh, solang noch Zeit ist und komm nie wieder! Doch die Wellen der Bilder kamen mit unerbittlicher Macht und rissen sie noch weiter mit sich hinab in den Strudel ihrer Vergangenheit, deren Film sich abspulte und sie zum Zeugen ihres eigenen, längst vergessen geglaubten, persönlichen Dramas machte. Sie sah sich vor dem Loch mit einem großen Glas Whiskey in der Hand, von dem sie einen kräftigen Schluck nahm und den Rest in die Flammen laufen ließ, die ihr zischend entgegen sprangen. In diesen Flammen verglühten ihre Illusionen. Was blieb war ein Häufchen Asche. Mehr war von all den Elternzeitschriften und Strampelanzügen nicht übrig geblieben. Dann hatte sie sich zu ihrem neuen Lebensabschnitt beglückwünscht. Den Teddy ins Feuer zu werfen, hatte sie nicht übers Herz gebracht. Aber seit jenem Tag hasste sie ihn. Sie hatte ihn in ein Regal in der Garage gesetzt, wo er im Dunkeln frieren und leiden sollte, zur Strafe für die falschen Hoffnungen, die er in ihr geweckt hatte. Und wenn John den Motor seines Wagens anließ, würde er Johnny dabei vergiften. Das geschah Johnny nur recht. Und John sollte ihn vergiften, ohne es zu wissen. Das wiederum geschah John nur recht. Und sie, sie würde sich in tiefer Trauer anbieten, Johnny gemeinsam im Garten zu begraben. John würde von seinem schlechten Gewissen gequält werden, weil Johnny tot war. Getötet durch ihn. Johnnys rote Schleife würde sie an die Lampe im Schlafzimmer binden zur ewigen Erinnerung an ihre gestorbenen Hoffnungen.

Als John von der Arbeit nach Hause kam, saß sie vor dem rosablühenden Rhododendron und trank ihren dritten Whiskey. Ungläubig starrte er in das große schwarze Loch, aus dem letzte dünne Rauchwolken quollen, ungläubig erst, dann fassungslos. Was sie verbrannt habe, wollte er wissen. Alles, hatte sie geantwortet. Sie sei verrückt, sagte er und nahm ihr das Glas aus der Hand. Verrückt, verrückt, verrückt. Mehr sagte er nicht. Er packte sie am Arm und schüttelte sie, aber es war, als würde er lediglich die letzten Tränen aus ihr herausschütteln, die ihr über ihr Gesicht strömten, lautlose Sturzbäche der tiefsten Verlassenheit, durch die hindurch sie nur Johns versteinertes Gesicht wahrnahm. Verrückt, verrückt, verrückt! Sie machte sich frei und rannte ins Haus. Verrückt. John stand regungslos vor dem Loch, als könnte er nicht begreifen, was er sah.

Dann trank er das Glas leer, das er ihr aus der Hand genommen hatte. Verrückt. Vom Wohnzimmer aus sah sie, wie er den Spaten nahm und das Loch zuschaufelte. Danach ging er zu seinem Wagen und fuhr fort.

Auf der Stelle, wo sie das Loch gegraben hatte, war nie mehr etwas gewachsen. Verbrannte Erde vergisst nicht. Auch sie hatte nicht vergessen. Niemals. John hatte das Loch notdürftig zugeschüttet. Er musste handeln. Etwas tun. Aber das zugeschüttete Loch blieb wie ein Mahnmal in ihrem Garten, im Gras. Verbrannte Erinnerungen, verbrannte Hoffnungen, verbrannte Erwartungen, verbrannte Illusionen. John hatte es zugeschüttet, und es ging weiter. Natürlich ging es weiter. Über alles wächst Gras, sagt man, irgendwann wenigstens. Sie überlegte, wo sie die rote Schleife versteckt hatte. Sie hatte sie in eine kleine Schachtel gepackt und in der Kommode verstaut. Dort musste sie noch immer liegen. Sie stand vom Sofa auf, ging zur Kommode hinüber und zog die oberste Schublade auf. Sie war tatsächlich noch da. Ungläubig betrachtete sie die kleine Schachtel, nahm sie heraus und öffnete sie vorsichtig. Die rote Schleife lag darin, genau so, wie sie damals hineingelegt geworden war.

Ja, es war weitergegangen. Natürlich war es weitergegangen. Es hört nicht einfach auf, so sehr man es sich manchmal auch wünscht. John hatte ihr vorgeschlagen, im Geschäft mitzuarbeiten. Sie brauche dringend Beschäftigung und Ablenkung, damit sie auf andere Gedanken komme, hatte er gesagt und sie hatte zugestimmt. Sie wollte nicht mehr zu Hause bleiben, weil es dazu keinen Grund mehr gab. Sie wollte wieder etwas tun. So fuhr sie morgens mit ihm ins Geschäft, kümmerte sich um die Kunden, übernahm die

Kasse, kochte Kaffee, schloss abends das Geschäft wieder ab und fuhr mit ihm wieder nach Hause. Und das Beste daran war, dass sie wieder Gesprächsstoff hatten. Gemeinsamen Gesprächsstoff, Dinge, über die sie reden konnten, die sie beide gleichermaßen interessierten und beschäftigten, konkrete Dinge wie Tagesumsätze, Kunden, Warenbestände, Einkauf und Abrechnung. John war wahrscheinlich froh, dass er nicht mehr über Gefühle reden musste und sie war es auch. Der Wirtschaftsteil der Tageszeitung war mit einem Mal interessanter, als jede andere Literatur und John las ihr mit Begeisterung allmorgendlich beim Frühstück vor, was es Neues gab. Sie stürzte sich mit großem Eifer in ihre neuen Aufgaben und John unterstützte sie darin wo immer es ging. Er bezog sie in alle Entscheidungen mit ein, besprach alles mit ihr und sie fing an, sich wieder wichtig zu fühlen, wichtig und ernstgenommen in dem, was sie tat. Und je mehr sie an ihre Arbeit dachte, desto weniger dachte sie an Johnny, und desto mehr begann sie auch, John wieder zu lieben.

Vielleicht war es auch nur die Erinnerung daran, dass sie ihn eigentlich immer geliebt und es nur vergessen hatte. Jedenfalls keimten die alten Gefühle mit neuer Kraft aus der verbrannten Erde hervor, worüber John sich so sehr freute, dass er ihr unbedingt einen Wunsch erfüllen wollte. Sie hatte nicht lange gezögert. Sie hatte sofort gewusst, was sie sich wünschte. Sie wünschte sich, dass John die Teddybären aus dem Sortiment des Geschäfts nahm. Sie wolle nie mehr in ihrem Leben einen Teddybären sehen, hatte sie ihm gesagt, und schon am nächsten Tag waren sie verschwunden und zwar alle. Als sie sich dann nach über drei Monaten zum ersten Mal wieder liebten, entbrannte ihre

Leidenschaft wie ein bombastisches Feuerwerk. Überwältigt von der Heftigkeit ihrer Gefühle, fürchtete sie, in Ohnmacht zu fallen, und auch Johns Erregung war so stark, dass er danach wie tot neben ihr lag. Und weil beide das Gefühl hatten, gerade knapp dem Tode entronnen zu sein, beschlossen sie sich ab jetzt wieder öfters zu lieben.

Sie legte die rote Schleife zu den anderen Sachen in die Kiste, die sie gerichtet hatte. Wieder musste sie an die alte Hornbrille denken. Schade, dass sie zu Bruch gegangen war. Jetzt, dachte sie, wäre es schön, die alte Brille noch einmal zu sehen. Die Brille vom Anfang. Vielleicht fand sich ja noch irgendetwas anderes, das aufbewahrt worden war und das sie zu den anderen wenigen Dingen, die sie mitnehmen wollte, legen konnte. Sie durchsuchte die Schubladen der Kommode, dann die seines Schreibtisches. Es war sein Schreibtisch, vollgestopft mit Papieren, Unterlagen und Briefen. Sie zögerte. Nein, sie wollte nichts lesen, nichts von alle dem, was er hier in vielen Jahren angesammelt hatte. Sie hatte Angst. Das war Vergangenheit. Es war aus der Zeit, als er noch schreiben konnte, aus der Zeit, die sie in guter Erinnerung behalten wollte. Nein, sie suchte nichts Bestimmtes – und dann fiel ihr doch etwas in die Hände, von dem sie sofort wünschte, es nicht gefunden zu haben. Es war eine Einladung. Er hatte sie tatsächlich aufgehoben, hier in seinem Schreibtisch. Ungläubig nahm sie sie aus dem Umschlag und öffnete sie. Wie lange war das her? Sie sah auf das Datum. Aber das Datum war unwichtig. Es gehörte in eine andere Zeit. John hatte die Einladung damals in ihrer Handtasche gefunden. Bedeutungslos eigentlich, und doch so tragisch, so unnötig, so richtungsweisend für das, was kam.

Draußen suchte eine Amsel nach Würmern unter dem Rhododendron oder vielmehr dem, was davon übrig war. Schon lange hatte er nicht mehr geblüht, als sei mit dem Leben aus ihrem Körper auch das Leben aus den Fasern dieses Strauches gewichen, als hätte auch er beschlossen zu gehen, woanders weiter zu leben, vielleicht woanders weiter zu blühen. Sie hatte ihn stets gehegt und gepflegt, ihn gegossen, die verblühten Blütenstände herausgebrochen, er war ihr Lieblingsstrauch gewesen, weil in seinem Schatten ihr Lieblingsplatz gewesen war. Dann hatte er irgendwie aufgegeben – so wie sie. Was übrig war, war traurig.

Das Geschäft damals lief hervorragend. Vieles von dem, was Johns Aufgaben gewesen waren, hatte sie mit der Zeit übernommen. Der Laden war ihr gemeinsamer Laden geworden. Sie machten sehr gute Umsätze. Sie arbeiteten viel, sie verdienten viel und sie liebten sich viel. Der Rausch des gemeinsamen Erfolgs verschmolz sie miteinander, ließ sie eins sein, ließ sie glücklich sein. Da sie abends meist spät und dann auch müde nach Hause kamen, wurde der Laden nicht nur zum Mittelpunkt ihrer geschäftlichen Belange, sondern auch ihrer intimen. In leidenschaftlicher Zweisamkeit gaben sie sich der Süße ihres gemeinsamen Erfolges hin, kosteten ihn aus bis zum Letzten, fühlten sich erschöpft und belebt zugleich und ließen ihre körperliche Liebe zum festen Bestandteil ihres Alltages werden. Die Momente, in denen sie John die Brille von der Nase nahm, und er protestierte, weil er nichts mehr sehen konnte, die liebte sie besonders. Daran hatte sich nie etwas geändert. Sie liebte seine Hilflosigkeit, seine Hände, die dann zu suchen begannen, was seine Augen nicht mehr so gut sehen konnten, ausgeliefert ihr und seiner Lust, solange, bis sie ihm die Brille wieder auf die Nase setzte, ihr Kleid glatt strich und Kaffee kochen ging. Dann war die Mittagspause vorüber. Dann schloss sie die Tür des Ladens wieder auf. Es war eine schöne Zeit. John trug sie auf Händen. Er verwöhnte sie mit vielen kleinen Geschenken und sagte ihr immer wieder, wie froh er sei, dass er sie habe. Es gab nur John und sie und sie und John und das Geschäft und keiner von beiden konnte sich vorstellen, dass es jemals wieder anders werden könnte.

Aber es wurde anders. Eines Tages rief Sally an und erzählte von einem Feinschmecker-Kochkurs und davon, dass es doch spannend wäre, diesen zusammen zu machen, ganz, wie in alten Zeiten. Erst hatte sie gezögert. Alles lief gerade so gut, so ruhig. Der Kurs würde Unruhe bringen und die Unruhe Ungleichgewicht und das Ungleichgewicht Aufregung und Spannung. Sally war ihr erstes Leben gewesen, das mit John jäh zu Ende gegangen war. John war ihr zweites Leben, in dem Sally keinen Platz hatte. Aber als sie Sallys Stimme am Telefon hörte, war die Unruhe auch schon da. Um Zeit zu gewinnen, vertröstete sie Sally erst einmal, denn sie musste darüber nachdenken. Im Grunde musste sie nicht darüber nachdenken, ob sie an diesem Kurs teilnehmen wollte, sondern, wie sie es John beibringen sollte und natürlich war er nicht begeistert davon. Schließlich hatte sie sich doch dazu durchgerungen Sally zuzusagen. Der Kurs lief über ein halbes Jahr. Die Teilnehmer waren alle sehr nett und keiner schien es besonders eilig zu haben, nach dem Kurs nach Hause zu kommen. Man unterhielt sich, saß noch beisammen, lachte, plante den nächsten Kochabend und lernte sich mit der Zeit auch ganz gut kennen. Als John erfuhr, dass an dem Kurs auch Männer teilnahmen, war es – für sie jedenfalls - auf einmal mit dem Spaß vorbei. Sie erinnerte sich, wie betroffen sie damals gewesen war, als er ihr sogar untersagte, weiterhin den Kurs zu besuchen. Alle Versuche ihn zu beruhigen, blieben erfolglos und reizten ihn eher noch mehr. Wieder einmal war jedes Wort zuviel. Er fühlte sich hintergangen, völlig grundlos in ihren Augen, ausgesprochen heimtückisch in seinen. Mit ungeahnter Heftigkeit, aber nicht ganz unerwartet und schon lange befürchtet, hatte sich ein neues Gefühl zwischen sie gedrängt. Es wurde lebendig, nistete sich ein und blieb allgegenwärtig. Meist schlummerte es im Verborgenen. Meist sah man es nicht. Aber es war ein Virus, ein lästiges Virus, das Beziehungen krank macht, so auch die ihre. Dieses Virus heißt Misstrauen. Die Krankheit heißt Eifersucht. Und es gibt kaum ein Mittel dagegen. Sie jedenfalls wusste keines. Anfangs hatte sie versucht, das Virus nicht zu aktivieren. Später war es ihr irgendwann gleichgültig geworden. Sie hatte gelernt mit der Krankheit zu leben.

Wolken zogen am Himmel auf und warfen dunkle Schatten über den Rasen, oder das, was davon übrig war. Nicht nur ihr geliebter Rhododendron war vernachlässigt worden, der ganze Garten war in einem schlechten Zustand. Niemand hatte sich mehr um ihn gekümmert. John konnte es nicht sehen. Wie auch, dachte sie. Das Schlafzimmerfenster zeigte nicht zum Garten. Vermutlich war es ihm ohnehin gleichgültig. Oder hatte er einfach nichts gesagt? Wie auch. Sie hätten über vieles reden müssen, als es noch ging. Aber John wollte nie reden. Nicht über die Dinge, über die sie reden wollte, nicht über das, was ihr wichtig gewesen war. Warum war alles so schwierig geworden? Es hatte so wunderbar angefangen. Sie hatte John nur in die Augen zu sehen brauchen um zu wissen, dass sie ihn liebte. Und sie wusste, dass auch er sie liebte auf seine ganz besondere Weise. Sie hatte an die große Liebe geglaubt. Sie hatte fest daran geglaubt, die Liebe ihres Lebens zu finden und sie hatte sie gefunden. Ihre Liebe war wundervoll. Sie entfaltete sich und erblühte im milden Sonnenschein des Frühsommers. Doch wie bei ihrem schönen Rhododendron genügte ein starker Regenguss und die ganze Blütenpracht war dahin. Sie hatte nicht verstehen wollen, dass alles seine Blütenzeit hat, dass alles vergänglich ist und auch die Liebe. Sie hatte nicht verstehen wollen, dass es nicht immer Frühling ist und irgendwann alles verblüht. Früher oder später. Was bleibt? Sie hatte befürchtet, dass gar nichts bleiben würde. Doch was wusste sie damals schon? Was konnte sie wissen in einem Alter, in dem man an die Ewigkeit des Frühlings glaubt! Natürlich blieb etwas. Es blieb ein Strauch ohne Blüten mit immer stärker werdenden Zweigen, mit festen grünen Blättern, die selbst den Winter überstehen. Es blieb der Alltag.

Jedenfalls hatte sie den Kochkurs nicht abgebrochen, obwohl John an jenen Tagen schon morgens schlechte Laune hatte und jedes Mal wach blieb, bis sie nach Hause kam, um sich dann schlafend zu stellen, bis sie sich neben ihn unter die Decke schob und so tat, als wollte sie ihn nicht aufwecken. Es war ein Spiel, und sie spielten es jede Woche, sechs Monate lang, ein Spiel ohne Sieger und Verlierer, das nur dadurch Abwechslung erfuhr, dass John wie zufällig auf die Uhr sah, um ihr zu sagen, wie spät es war, was sie sicherheitshalber nicht kommentierte, denn sie war müde und wollte einfach nur schnell schlafen.

Wiederum ein halbes Jahr, nachdem der Kurs zu Ende war, erhielt sie eine Einladung zu einem Nachtreffen der Kursteilnehmer. Am liebsten hätte sie sie gleich in den Papierkorb geworfen, nicht etwa, weil sie nicht hatte hingehen wollen, sondern wegen John. Mittlerweile war nämlich die ursprüngliche Aufregung über den Kurs wieder vergessen und sie hatte auch keinerlei Versuche mehr gemacht, mit Sally oder auch allein irgendetwas zu unternehmen, geschweige einen Kurs oder Ähnliches zu besuchen und hatte sich wieder voll und ganz der gemeinsamen Arbeit zugewandt. Und als alles wieder so weiterging wie gewohnt, war auch wieder Ruhe wie gewohnt. Als sie nun diese Einladung in Händen hielt und sich an die netten Abende mit all den netten Leuten erinnerte, musste sie feststellen, dass sich etwas in ihr regte, ein Gefühl, das ihr bisher unbekannt gewesen war. Es war Protest. Zum ersten Mal fragte eine Stimme in ihr: Warum sollst du verzichten? Sie hatte keine Antwort parat. Ja, eigentlich wäre sie wirklich gerne hingegangen. Sie hatte sogar ganz kurz überlegt, ob sie John nicht einfach mitnehmen sollte. Aber das hätte er sowieso nicht getan. Jedenfalls steckte sie die Einladung in ihre Handtasche, kämpfte den leisen Protest nieder und beschloss nach einigem Erwägen doch lieber abzusagen.

Wie der Zufall es wollte fand John genau diese Einladung und zwar, als er in ihrer Handtasche nach seinem Autoschlüssel suchte. Das Virus war auf der Stelle aktiviert, John sprach von Geheimnistuerei und Vertrauensbruch, von Enttäuschung und Hintergehen. Aber ein Virus ruft – zumindest mit der Zeit – auch gewisse Selbstheilungskräfte auf den Plan, und der leise Protest, den sie tags zuvor noch erfolgreich unterdrückt hatte, wurde zu einer lautstarken Gegenwehr, die sich gar nicht mehr die Mühe machte, Erklärungen abzugeben und mit rechtfertigenden Argumenten dagegenzuhalten. Er hätte ihr sowieso kein Wort geglaubt. Nichts von dem, worüber sie sich Gedanken gemacht hatte. Nicht, dass sie ihn sogar mitgenommen hätte, nicht, dass sie beschlossen hatte, die Einladung abzusagen. Stattdessen fragte sie ihn, warum er ihre Handtasche durchwühlt habe und was ihm eigentlich einfiele, in ihren Sachen herumzuschnüffeln. Und dann war es losgegangen. John hatte so laut gebrüllt, wie sie ihn noch nie zuvor hatte brüllen gehört. Sie war zuletzt mit seinem Wagen gefahren und hatte den Schlüssel in ihrer Tasche gehabt, was trotzdem kein Grund war, in ihrer Tasche zu wühlen, fand sie. Er habe nicht gewühlt, er habe gesucht, brüllte er mit hochrotem Kopf, rannte ans Fenster, riss es auf und schleuderte die Handtasche in seiner nicht zu bremsenden Erregung hinaus. Sie verschwand im satten Grün des Rhododendron, wo sie einen kleinen Zweig abbrach, und in diesem Moment wusste sie, dass dies die zweite Nacht war, die sie auf dem Sofa im Wohnzimmer verbringen würde.

Mehrere Tage hatten sie kein Wort miteinander gesprochen. Sie hatte noch nicht einmal mit Sally darüber geredet, und John hatte wie immer niemanden, mit dem er reden konnte. Das Schweigen war eisig und hartnäckig, besonders von ihrer Seite aus. Sie wusste, dass sie John damit quälte, aber sie gab nicht nach. Als er ihr am fünften Tag ein Friedensangebot machen wollte, hielt sie ihm den abgebrochenen verwelkten Zweig des Rhododendron entgegen. John sagte, es würden neue wachsen. Dann redete er von Herzbeschwerden, die er in jener Nacht gehabt hatte. Vielleicht war es nur ein Trick, um ihre Versöhnlichkeit zu erzwingen. Vielleicht baute er auf ihr Mitleid oder vielleicht sogar ihre Angst, um sie gnädig zu stimmen. Aber so war es nicht. John sprach von seiner eigenen Angst, von seiner Hilflosigkeit und davon, dass er sie neben sich gebraucht hätte, als die Schmerzen kamen. Und natürlich hatte sie sofort ein schlechtes Gewissen bekommen, es tat ihr alles so sehr Leid. Sie war nicht für ihn da gewesen, als er sie brauchte. Sie hatte verärgert auf dem Sofa gelegen, war irgendwann eingeschlafen und hatte von allem nichts mitbekommen.

Zum hundertsten Mal schaute sie zum Schlafzimmer hinüber. Die Tür war zu. Sie hörte nichts. Alles war still. Wie damals. Oder hatte sie einfach nur so fest geschlafen, dass sie John nicht gehört hatte? Hatte er vielleicht nach ihr gerufen? Aber was hätte es schon geändert? Letztlich hätte es gar nichts geändert, denn das, was kam wäre dadurch auch nicht aufzuhalten gewesen. Es hätte ihr lediglich ihr schlechtes Gewissen und die Schuldgefühle erspart, mit denen sie danach zu kämpfen hatte. Sie hatte John gedrängt zum Arzt zu gehen, aber das wollte er nicht. Zum Arzt gehen hieß einzuräumen, dass etwas nicht stimmte, dass man krank sein könnte. Krank sein heißt schwach sein und schwach sein heißt hilflos sein und das war das Letzte, was er wollte. Wenn er damals geahnt hätte, wie hilflos er sich noch fühlen würde, er hätte es nicht ertragen. Jedenfalls hatte er ihr versprechen müssen, es ihr sofort zu sagen, wenn seine Herzbeschwerden wieder kamen. Wahrscheinlich war es ein Fehler gewesen, nicht zum Arzt zu gehen. Im Nachhinein ist man immer klüger. Aber der Alltag hatte sie beide so schnell wieder in Beschlag genommen, dass der Streit, die Nacht und Johns Herz sehr bald in Vergessenheit geraten waren. Der Alltag war verlässlich. Er war das Gerüst ihres Lebens gewesen, das Gerüst, an dem sie sich festhalten konnte. Ohne den Alltag wäre vieles in ihrem Leben unerträglich gewesen. Es blieb immer wieder faszinierend für sie, wie die Notwendigkeit weitermachen zu müssen, einen am Leben hält, voran trägt, ob man will oder nicht, das Leben fragt nicht.

John arbeitete wirklich sehr viel in jener Zeit. Das Sortiment musste ständig erweitert werden, neue Artikel kamen hinzu, andere wurden herausgenommen. So war sie auch nicht besonders überrascht gewesen, als John meinte, sie müssten auf Fachmessen fahren, um auf dem Laufenden zu bleiben. Sie fragte sich, wie es ihr gelungen war, ihn zu überzeugen, allein zu fahren. Jedenfalls fuhr er tatsächlich ohne sie. Wahrscheinlich hatte ihn überzeugt, dass sie stattdessen das Geschäft weiterführen konnte, ein Argument, das hinsichtlich der steigenden Umsätze nicht ganz unwichtig war.

So fuhr John auf seine erste Fachmesse. Und während er auf der Messe viele neue Erfahrungen sammelte, hatte sie im Geschäft alle Hände voll zu tun und wenn sie abends nach Hause kam, war sie erschöpft und müde. Am ersten Abend hatte sie John sehr vermisst. Es war ungewohnt ruhig im Haus. Doch schon am nächsten Abend fand sie es gar nicht so schlecht, einmal allein zu sein - wie lange hatte sie das nicht gehabt! - und mit jedem Tag, der verging, hatte es ihr besser gefallen. John rief regelmäßig an und sie bestätigten einander, wie trostlos das Leben ohne den anderen doch sei, auch wenn sie es gar nicht so empfunden hatte. So lange waren sie noch nie getrennt gewesen. John wollte alles wissen. Er fragte so genau nach, dass es ihr beinahe mehr wie ein Verhör vorkam, als lediglich aufrichtiges Interesse an ihrem Tagesablauf. Und sie erzählte nicht alles. Sie erzählte ihm nicht, dass sie sich mit Sally getroffen hatte, nicht, dass sie mit ihr im Kino war, nicht, dass sie mit Sally ausgehen wollte, nicht, dass sie sich sogar darauf freute. Und dann geschah, was geschehen musste: John versuchte sie zu erreichen und sie war nicht zu Hause. Normalerweise waren abends immer Geschäftsessen oder Meetings, so dass er davor angerufen hatte. Aber an jenem Abend gab es kein Geschäftsessen und kein Meeting und John saß allein in seinem Hotelzimmer und versuchte sie zu erreichen. Und als er sie dann endlich mitten in der Nacht erreichte, wünschte sie sich nicht ausgegangen zu sein. Jedenfalls war er der Meinung, dass es Zeit wurde, dass er wieder nach Hause kam.

Und John kam. John kam mehrmals, schon eine Stunde nach seiner Rückkehr, und es war, als wollte er in Kürze alles nachholen, was er versäumt zu haben glaubte. Er liebte sie, er nahm sie, erst heftig, dann ruhiger, schließlich zärtlich, so lange, bis er nicht mehr konnte. Er gab sein Äußerstes. Er ging an seine Grenzen. Und irgendwann hatte auch sie nicht mehr gekonnt. Völlig erschöpft schliefen sie ein. Die Koffer standen noch unausgepackt im Eingang. Warum sie sich gerade daran so gut erinnern konnte? Vielleicht deshalb, weil John am nächsten Morgen Kreislaufprobleme hatte, ihm übel und schwindelig war und er nicht aufstehen konnte. Weil er sich elend und krank fühlte, über Kopfschmerzen klagte und sie in die Apotheke lief, um etwas zu besorgen. Vielleicht, weil sofort die Angst wieder da war, die Angst es könnte etwas sein, etwas Störendes, etwas Lähmendes, etwas, das sie nicht haben wollte.

Johns Blutdruck war erschreckend hoch. Sie hatte ein Blutdruckmessgerät ausgeliehen und seine Werte genommen. Er hatte protestiert. Er wollte nicht, dass sie seine Krankenschwester war. Er wollte das alles nicht. Aber sie hatte nicht locker gelassen. Sie würde so lange nicht mehr mit ihm schlafen, bis er bei einem Arzt gewesen sei, hatte sie ihm gedroht, und es hatte tatsächlich Wunder gewirkt. Er hatte sich untersuchen lassen. Sie schaute zur Schlafzimmertür hinüber. Es war ganz still im Haus. Die Amsel im Garten suchte noch immer nach Würmern. Sie hatte ihre Jungen zu versorgen, die sicherlich im Nest schon hungrig auf sie warteten. Sie hatte sich auch gewünscht hungrige Schnäbel zu stopfen, aber da waren keine kleinen hungrigen Schnäbel. Da war nur John. Sie hatte immer gerne Mutter und Kind gespielt. Würmer aus der Erde ziehen und ins Nest bringen. Aber das Leben schien eine andere Rolle, ein anderes Spiel für sie vorgesehen zu haben, ein Spiel, das sie hasste. Das Leben war ungerecht. Als Kind hatte sie einmal im Krankenhaus gelegen. Die Krankenschwestern waren die einzigen, die sie über Tage hinweg sehen durfte und diese hatten alles bestimmt. Sie hatten bestimmt, ob sie zur Toilette durfte, sie hatten bestimmt, ob und was sie zu essen und zu trinken bekam. Sie hatten bestimmt, ob die Vorhänge zugezogen oder geöffnet waren, ob sie aus dem Fenster schauen oder etwas spielen durfte, ob ihre Mutter sie besuchen und ob sie weinen durfte. Sie hatte oft geweint. Heimlich. Nachts, wenn die Krankenschwestern es nicht merkten. Sie hatte sie gehasst. Aber sie hatte schnell gelernt, dass sie lieb sein musste,

wenn sie etwas von ihnen wollte. Das Beste am Kranken-
schwestersein ist ihre Macht.

Nicht nur Johns Blutdruck war viel zu hoch, auch seine
Blutfettwerte und Leberwerte lagen in einem bedenklichen
Bereich. Er erhielt drei verschiedene Sorten Tabletten, einen
Blutdrucksenker, einen Blutfettsenker, ein Multivitamin-
präparat und eine Reihe guter Ratschläge, seine Lebensge-
wohnheiten betreffend. John schluckte. Er konnte den Arzt
nicht ausstehen. Zuhause weigerte er sich, die Tabletten
zu nehmen und nur ihre erneuten Erpressungsversuchte
konnten ihn dazu bewegen. Sie legte ihm die Tabletten jeden Morgen auf den Frühstücksteller und ließ ihn nicht
eher vom Tisch aufstehen, ehe er sie genommen hatte. Eine
runde weiße, eine längliche hellrote und eine Kapsel mit
kleinen bunten Kügelchen. John arbeitete natürlich weiter, mit gleichem, unverändertem Engagement wie zuvor,
und der stetig wachsende Erfolg bestätigte ihn darin. Er
besuchte regelmäßig Fachmessen, brachte neue Ideen mit,
und aus dem kleinen Spielzeugladen war ein anerkanntes
Fachgeschäft geworden, das mehr und mehr zeitgemäße
elektronische Spiele anbot, und sie beide immer wieder vor
neue Herausforderungen stellte. Es war ihr damals nicht
leicht gefallen, sich auf die neuartigen Spielgeräte umzu-
stellen. Akkus, Displays, LED-Anzeigen. Die Kundschaft
wurde immer jünger, immer anspruchsvoller. Und sie hatte
erstaunlich viel Geld zur Verfügung.

Eines Abends hatte sie zu John gesagt, dass alles ganz anders geworden sei, als sie es sich vorgestellt hatte. Er hatte
sie verständnislos angeschaut. In seinen Augen lief alles
sehr gut. Sie hatte versucht, ihm zu erklären, dass sie es

trotzdem früher gemütlicher gefunden hatte, aber er sah nur den Gewinn. Sie konnten sich alles leisten, was sie wollten, das war es, was für ihn zählte. Dass sie kaum mehr Zeit hatten, das Geld auszugeben, hatte ihn amüsiert. Er lachte. Er lachte dieses unwiderstehliche John-Lachen. Geld loszuwerden sah er nicht als großes Problem, vor allem wenn dies das einzige sei, das man mit Geld hat. Jedenfalls löste er es auf seine Art und führte sie am nächsten Abend in eines der exklusivsten Lokale der Stadt. Er brachte ihr einen großen Strauß rote Rosen, rote Rosen mit sehr langen Stielen. Sie biss sich auf die Lippe. War sie ungerecht gewesen? John war überglücklich. Er hatte seinen Lebenstraum verwirklicht. Er war ein erfolgreicher Geschäftsmann und sie war die Geschäftsfrau an der Seite dieses erfolgreichen Geschäftsmannes. Aber dies war nur sein Traum, sein Lebenstraum, der in Erfüllung gegangen war. Über ihren Lebenstraum wurde nicht mehr gesprochen. Selbst wenn John ihr alle Wünsche zu erfüllen versuchte, so blieb doch der eine, den er nicht erfüllen konnte, der sich niemals erfüllen würde, der, über den keiner sprach. Auch sie nicht. Nein, sie hatte John nie verletzen wollen. Sie hatte sich für ihn gefreut, über sein Glück und seinen Erfolg und versucht daran teilzuhaben. Wenn sie sich selbst gut fühlte, war das kein Problem. Wenn sie sich aber schlecht fühlte, konnte sie es nicht. Dann stieg Bitterkeit aus den Tiefen ihres Unterbewusstseins auf und vergällte ihr die Stimmung und den Tag. Sie hatte sich stets bemüht, ihn davon nichts merken zu lassen, aber es kostete sie sehr viel Kraft. Wenigstens er sollte glücklich und zufrieden sein, hatte sie versucht sich zu trösten, wenigstens einer von beiden.

Sie öffnete die große Schiebetür zum Garten und trat hinaus. Es hatte aufgehört zu regnen. Die Sonne ließ ihre ersten warmen Strahlen auf die erwachende Natur fallen. Das feuchte Gras reichte ihr bis zum Knöchel. Der Rhododendron stand noch im Schatten, aber in weniger als einer Stunde würde auch er etwas Sonne haben. Er war sehr groß geworden, als habe er stets versucht, sich der Sonne entgegen zu recken, aber er war krank. Die Blätter waren bräunlich, hatten sich eingerollt und waren von einem Schädling befallen. Der Rhododendron brauchte Pflege. Er brauchte Torf. Er brauchte einen gesunden Boden. Doch wozu ihn noch pflegen. Wozu ihn wieder pflegen. Sie würde ohnehin nicht mehr auf der Liege in seinem Schatten liegen. Weder davor noch dahinter. Es war so vieles gleichgültig geworden, jetzt, im Gegensatz zu früher. Anfangs hatte sie sich nach Johns Nähe und Zärtlichkeit gesehnt. Dann hatte sie nicht mehr so viel Nähe und Zärtlichkeit gebraucht. Dafür brauchte sie dann Gespräche. Gespräche statt Zärtlichkeiten. Aber er brauchte keine Gespräche. Er brauchte Zärtlichkeiten und zwar viel und oft. Zu oft. Jedes Mal, wenn er an ihr vorbei ging, streifte er sie. Er wollte, dass es wie zufällig aussah, aber sie wusste, dass es nicht zufällig war. Manchmal umarmte er sie von hinten, wenn sie gar nicht damit rechnete und legte seine Hände auf ihren Busen. Ein anderes Mal baute er sich vor ihr auf, schlang seine starken Arme um sie und legte seine Hände auf ihren Po. Sie mochte beides nicht. Aber sie hatte nie etwas gesagt. Sie wusste, er wäre beleidigt gewesen. Sie wusste, er hätte sofort an ihrer Liebe gezweifelt. Als im Geschäft immer mehr zu tun war, blieb für Johns Umarmungen keine Zeit mehr. Keine Zeit für Zärtlichkeiten und noch weniger Zeit für Gespräche. Es war noch nicht einmal mehr Zeit zum

Streiten oder zum Unzufriedensein. Sie hatten alle Hände voll zu tun und arbeiteten von morgens bis abends, bis Sally irgendwann anregte, jemanden zusätzlich einzustellen.

An Johns Reaktion erinnerte sie sich, als sei es gestern gewesen, vor allem, als sie vorschlug, man könne ja Sally nehmen, die sowieso auf Jobsuche war. John konnte Sally nicht leiden, was sie ärgerte, denn Sally war ihre beste und einzige Freundin. Nichtsdestoweniger hatte sie damals durchgesetzt, dass Sally im Geschäft aushilfsweise arbeitete und zwar an der Kasse. Das eigentlich Gute daran war jedoch nicht die Entlastung, sondern dass sie endlich etwas gegen seinen Willen durchgesetzt hatte. Ob die Entscheidung, Sally anzustellen, gut war, wusste sie nicht. Gut aber war, dass sie die Kraft gehabt hatte, sich mit ihrer Idee zu behaupten und das bedeutete Macht.

Sally stand also hinter der Kasse und machte ihre Sache ausgesprochen gut, und selbst John kam nicht umhin, dies zuzugeben. Mit der Entscheidung für Sally hatte eine neue Phase mit unerwarteten Vorzügen begonnen, denn von einem Tag auf den anderen hatte sie auf einmal wieder Zeit, Zeit Dinge zu machen, die sie notgedrungen hatte vernachlässigen müssen, beispielsweise den Garten. Und obwohl es ursprünglich so geplant gewesen war, dass Sally nur vormittags arbeitete, lief es schon bald darauf hinaus, dass aus dem Halbtags ein Ganztags wurde, und sie selbst gar nicht mehr ins Geschäft ging, sondern die Büroarbeit von zu Hause aus erledigte. Weniger glücklich darüber war John, denn da er nach wie vor meist spät am Abend heimkam, sahen sie sich nun nicht mehr so oft. Andererseits konnte sie ihn dafür nun ausgeruht und entspannt empfangen, ihn verwöhnen, sich ihm hingeben und für ihn da sein, wann immer und wie immer er es wollte oder brauchte. Und das Beste daran war, dass sie all das steuern konnte. Sie konnte sein Wohlbefinden steuern und natürlich steuerte sie es so, dass er sich uneingeschränkt wohl fühlte, denn dadurch fühlte er sich stark und erfolgreich. Im Gegensatz zu früher war es jedoch kein Bemühen um sein Wohlbefinden, sondern es war ein Spiel, bei dem sie mehr und mehr ihre Macht über ihn entdeckte und so einsetzte, dass es ihnen beiden nutzte.

Es begann eine wunderbare Zeit, in der John vollkommen in seinem Erfolg aufging und sie darin, ihn in seinem Erfolg zu unterstützen. Sally ging darin auf, John zu zeigen, wie viel eine Frau arbeiten konnte und, dass sie nicht die war, für die er sie hielt und erstaunlicherweise entwickelte sich zwischen den beiden sogar eine – wenn auch hauptsächlich geschäftlich bedingte – Verbundenheit, die sie mit viel Freude zur Kenntnis nahm. Sally! Mein Gott, was mochte sie wohl tun? Wo war sie? Sally, ihr ständiger Stachel im Fleisch, und auch der von John. Sally, die immer das sagte, was sie gerade nicht hören wollte. Wie mochte es ihr wohl gehen? Sally hatte sie nie wirklich verstanden. Aber am wenigsten hatte Sally verstanden, dass sie einfach gegangen war, einfach so. Aber es war nicht »einfach so« gewesen. Sie hatte nie, im Gegensatz zu Sally, irgendetwas »einfach so« getan. Vielleicht hätte sie das öfter machen sollen. Manche Dinge »einfach so«. Aber gegangen war sie nicht »einfach so«. Leider hatte Sally das nie verstanden. Und John wahrscheinlich noch viel weniger.

Jedenfalls richteten sich alle drei in ihrem neuen Alltag recht schnell ein. John kam rasch auf den Geschmack sich von ihr bemuttern und umsorgen zu lassen und schwor bei allen Heiligen er habe die beste Frau der Welt. Jeden Wunsch wolle er ihr erfüllen, wie immer, wenn es ihm gut ging, nur, dass er immer wieder vergaß, dass er ihr ihren größten Wunsch nicht erfüllen konnte, und wieder einmal sagte sie nichts dazu. So war er. Im Überschwang oder eben ganz unten. Man gewöhnt sich daran. Man gewöhnt sich daran einen starken und unbesiegbaren John zu haben, oder einen schwachen und hilflosen. Beides hatte seine Reize, besonders, wenn man damit spielen konnte, und das hatte sie gelernt.

Obwohl sie sich ausgiebig dem Haus, dem Garten und den Büroarbeiten widmete, blieb ihr noch freie Zeit, und sie überlegte, wie sie diese sinnvoll nutzen konnte. Sie wollte lernen, sich weiterentwickeln, neue Leute kennen lernen, irgend eine zusätzliche Herausforderung annehmen, denn sie stellte sehr schnell fest, dass ihr Alltag nun zwar sehr bequem, aber auf Dauer recht einseitig und unter Umständen vielleicht sogar langweilig werden könnte. Zu groß waren die Reize der Welt, die sie mehr und mehr für sich entdeckte, als dass sie sich ihnen hätte entziehen können. Es war geradezu, als wartete das Draußen auf unausgelastete Hausfrauen, um diese mit seinem reichhaltigen Programmangebot vor der Eintönigkeit ihres Alltags zu retten. Als sie mit John darüber sprechen wollte, schlug er sofort vor, sie solle wieder ins Geschäft kommen, Sally könnte ja stattdessen ihre Arbeit hier im Hause übernehmen. Aber Sally war für Hausarbeit nicht geschaffen und sie wollte keinesfalls zurück ins Geschäft. Das Thema war fürs Erste erledigt.

Den nächsten Anlauf, mit John über sich zu reden, hatte sie genommen, als sie diverse Kursangebote im neuen Heft der Erwachsenenbildung entdeckt hatte und die sie interessierten. Sie wollte ihm sagen, dass ihr etwas fehle und sie nicht ganz zufrieden sei. John war zunächst sehr überrascht. Er konnte nicht verstehen, wie jemandem, der soviel Zeit zur freien Verfügung hatte, etwas fehlen könne. Dass genau das das Problem war, konnte er nicht akzeptieren. Dass sie etwas tun wollte mit dieser freien Zeit, etwas für sich, etwas, das ihr gut tat. Den meisten Menschen reiche es überhaupt, freie Zeit zu haben, hatte er geantwortet, und er dachte, es tue ihr gut, einfach zuhause zu sein. Sie habe es doch so gewollt. Als sie ihm dann vorsichtig von ihren Ideen erzählte, wurde John sehr ungehalten und sie hätte das Gespräch am liebsten auf der Stelle abgebrochen. Sie wollte einfach irgend etwas zusätzlich tun, aber er schmetterte jeden ihrer Vorschläge nieder mit der Begründung, sie solle sich auf das konzentrieren, was wichtig sei und bisher sei es doch gut gelaufen und genau so solle es auch weitergehen. Im Übrigen sei sie schwierig und wohl immer irgendwie unzufrieden. Damit war für ihn das Gespräch beendet. Sie war sprachlos, sprachlos und traurig, massierte schweigend seinen Nacken und legte ihm seine Tabletten auf den Nachtisch – wie gewohnt.

Sie sprachen immer weniger miteinander. Einerseits, weil sie nichts vom Geschäft und er nichts von ihren Stimmungen hören wollte. Andererseits, weil er immer weniger zu Hause war. Und wenn er zu Hause war, dann war er müde. Sie aßen zusammen zu Abend, tranken ein gutes Glas Wein, anschließend einen Whiskey. Während sie die Küche aufräumte sah er sich die Nachrichten an. Dann gingen sie ins Bett. Keiner hatte viel geredet. John schlief immer sofort ein. Und so ging es recht lange. Wochen und Monate. Jahre? Sie wusste es nicht mehr. Es kam ihr vor wie eine Ewigkeit. Vielleicht waren es Jahre gewesen. Dann waren es bedeutungslose Jahre, eintönige Jahre, Jahre, von denen es egal war, ob sie waren oder nicht. Sie hatte endlos viel Zeit gehabt, John keine. Sie wollte viel unternehmen, sehen und erleben, wenn schon nicht allein, so wenigstens mit ihm, aber John war müde und wollte seine Ruhe haben. Sie hatte ihn in Ruhe gelassen, was hätte sie auch anderes tun sollen. Ein bisschen streicheln, ein bisschen massieren, bis er fest eingeschlafen war. Manchmal entschuldigte er sich dafür, dass er so schnell einschlief, dass er so müde war. Er hatte ein schlechtes Gewissen ihr gegenüber, das wusste sie. Er hatte Angst, dass sie sich vernachlässigt fühlen könnte und ... Er sprach es nicht aus, aber sie wusste, was er sagen wollte. Es war absurd, aber nicht für ihn. Es war absurd zu denken, sie hole sich woanders, was sie zu Hause nicht bekommen konnte. Sie versuchte ihm, seine Zweifel zu nehmen, indem sie sich nicht beklagte und besonders zärtlich zu ihm war. Was sonst hätte sie tun können? Sie war enttäuscht, dass John trotzdem misstrauisch war, damals, als sie nichts mehr verband als ein Streicheln und die Nachrichten im Fernsehen. Sie hatte nicht gewollt, dass er sich bedrängt fühlte. Sie hatte nicht gewollt, dass er sich von ihr gefordert fühlte. Sie hatte nicht gewollt, dass sie etwas von ihm verlangte, das er nicht erfüllen konnte, weil er müde war. Sie konnte warten und sie hatte gewartet, darauf, dass der richtige Abend kam, der Abend, an dem John nicht müde war, an dem er sich stark fühlen konnte, stark und männlich.

Und an einem dieser richtigen Abende geschah es zum ersten Mal, dass es nicht ging. Für John war es eine Katastrophe. Dass sie ihm hatte helfen wollen, machte es nur noch schlimmer. Dass sie nicht darüber redete, machte ihn unsicher. Dass sie sich nicht darüber beklagte, dass sie ihn tröstete, dass sie sich nicht vernachlässigt fühlte, machte es dramatisch. Gleichzeitig wuchs seine Angst davor, dass es sich wiederholen, dass er wieder versagen könnte.

Manche Dinge ändern sich nicht, dachte sie und brach ein krankes Blatt am Rhododendron ab. Andere ändern sich schlagartig. Irgendwie hätte sie jetzt gerne geweint. Einfach so. Aber sie konnte nicht mehr weinen. Sie hatte geweint über das, was sich nicht mehr änderte. Und sie hatte geweint über das, was sich schlagartig geändert hatte. Sie hatte sehr viel geweint. Jetzt gab es keine Tränen mehr in ihr. Die Wurzeln des Rhododendron nahmen noch Wasser auf, gerade so viel wie er zum Überleben brauchte. Aber es gab kein einziges kräftiges Blatt und schon gar keine Blüten mehr. Sie ging ins Wohnzimmer zurück und schloss die Schiebetür hinter sich. Vor ihr auf dem kleinen Tisch stand ein Glas mit Tabletten. Die nächste Dosis war schon vorbereitet. Damals waren es drei Tabletten gewesen. Drei von Anfang an. Jetzt waren es immer noch drei Tabletten. Immer drei. Aber es waren drei andere als damals. Ihr Herz zog sich zusammen. Kurz und schmerzhaft. Ein Stich mitten hinein. Heftig und unerwartet. Leben. Schmerz heißt Leben. Aber so schnell wie er gekommen war, so schnell ging er auch wieder und nahm das Leben mit. Sie blieb zurück, ohne Tränen, ohne Schmerz und ohne Leben. Dort drüben war das Schlafzimmer. Dahinter hatte sie ihr Leben gelassen. Irgendwann. Sie hatte es übergeben. Damals. Sie hatte es an John übergeben, es ihm überlassen, damit er davon leben konnte. Von ihr und von den drei Tabletten. Das gehörte zu den Dingen, die sich nie mehr geändert hatten, nie mehr seit damals.

Abende kamen und gingen. Richtige Abende und solche, von denen sie dachten, es seien richtige. Solche, an denen es ging und solche, an denen es nicht ging. John kam immer später aus dem Geschäft, sprach von nichts anderem und träumte von nichts anderem mehr, und sie versuchte geduldig zuzuhören, stellte ein paar Fragen, die interessiert klingen sollten und bemühte sich, jegliche Aufregung zu vermeiden. Wenn sie sich liebten, schien die Welt wieder in Ordnung zu sein, aber es war nicht so. Er war überarbeitet, und ihr fehlte die Stimmung. Jeder versuchte, es den anderen nicht merken zu lassen. Und jeder hatte Angst, dass es wieder nicht klappen könnte, was letztlich dazu führte, dass sie sich immer weniger liebten. Jeder hatte seinen Alltag. Gemeinsam hatten sie nicht mehr viel. Früher hatten sie fast alles geteilt, nun teilten sie kaum mehr etwas. Das Geschäft wollte sie nicht mehr mit ihm teilen und das einzige, was sie gern mit ihm geteilt hätte, war Johnny, aber es gab keinen Johnny. Jeder lebte sein Leben, ein Leben ohne den anderen, es war nicht schlecht, und es war nicht gut, es war wie es war, und keiner von beiden versuchte daran etwas zu ändern.

Vieles hätte anders laufen können. Im Nachhinein gesehen. Hätte sie mehr auf John zugehen, mehr von ihm fordern sollen? Hätte sie mehr von ihm erwarten sollen? Sie hatte ihn einfach in Ruhe gelassen. Sie hatte abgewartet, bis er auf sie zukam, bis er sie brauchte. Sie hielt alles von ihm fern, was ihn hätte beunruhigen oder aufregen können, jedenfalls sofern sie es vermochte, und sie vermochte viel. Alles schien harmonisch und im Gleichgewicht, jeder schien das zu bekommen, was er brauchte, keiner stellte Fragen. Je weniger sie miteinander sprachen, desto einfacher war es. Folglich traf sie auch die meisten Entscheidungen in und um das Haus allein, so auch die, ob sie sich externe Hilfe holen sollte, um den Garten in Schuss zu halten. Schwere Arbeiten, wie das Schneiden der Hecken, wollte sie gerne abgeben. So hatte sie kurzer Hand einen Gärtner engagiert, der regelmäßig kam und die gröbsten Arbeiten zuverlässig übernahm. Alles war gut gegangen, bis John, dem sie vorsichtshalber von dem Gärtner nichts gesagt hatte, eine Rechnung in die Hände bekam, die eine unbeschreibliche Woge der Empörung auslöste, die durch kein Argument zu beschwichtigen gewesen war. John war sich sicher, dass der Gärtner der Grund dafür war, dass sie keinerlei Liebe mehr von ihm wolle, weil sie sich offenbar schon lange woanders hole, was sie brauche. Alles stürzte ein. Ihre schöne Harmonie, ihr gepflegtes Gleichgewicht, alles Schein, alles Lug und Trug, fand er. Nun hatte er endlich den Beweis, auf den er schon so lange gewartet hatte. Ihre Ehe sei am Ende, nun doch, tobte er, und am allerwenigsten verstand er, warum es ausgerechnet der Gärtner sein musste. Stillos sei das und unfair ihm gegenüber, der immerhin den ganzen Tag arbeiten gehe, damit sie sich vergnügen könne, und das ausgerechnet mit einem Gärtner. Er rannte im Wohnzimmer auf und ab und wiederholte ständig die gleichen Sätze, als müsste er sie auswendig lernen. Sie stand einfach da und sah ihm zu und schwieg. Irgendwann blieb er abrupt vor ihr stehen und packte sie an den Schultern. Ob sie nichts dazu zu sagen hätte, brüllte er und schüttelte sie, als wollte er die Antwort aus ihr heraus schütteln. Und obwohl sie in diesem Moment zum ersten Mal wirklich Angst vor ihm hatte, sagte sie: Nein, sie habe dazu wirklich nichts mehr zu sagen. Und dann ging auf einmal alles ganz schnell.

Sie stürzte ans Telefon und rief den Notarzt. Es dauerte ewig, bis er kam. Minuten wurden zu Stunden. Sie suchte seine Tabletten, ein Glas Wasser, einen Pyjama. John wurde auf eine Trage gelegt und in den Krankenwagen geschoben. Was darin geschah, konnte sie nicht sehen. Sie fuhr hinter dem Krankenwagen her zum Krankenhaus. John kam sofort auf die Intensivstation. Was dort geschah, bekam sie auch nicht mit. Sie musste draußen bleiben. Sie saß auf einem Stuhl auf dem Gang vor der Tür des Intensivzimmers und wartete. Sie wartete eine halbe Ewigkeit, wie ihr schien. Alles ging in ihrem Kopf durcheinander. Johns letzte Worte, ihre letzten Worte, ihr letztes Wort. Ihr Nein. Warum hatte sie nur Nein gesagt. Nein statt Ja. Sie hatte Angst. Ihr war übel. Vor ihren Augen begann alles zu verschwimmen. Warum hatte er sich nur so aufgeregt. Sie wusste es nicht. Doch, natürlich wusste sie es. Und eben weil sie es gewusst hatte, hatte sie ihm vorher nichts gesagt. Nichts von dem Gärtner. Dann kam die Angst wieder. Diese schreckliche Angst um ihn. Was machten sie dort hinter der Tür mit ihm? Und alles nur wegen dieser Hecke, die sie nicht mehr hatte schneiden wollen. Wegen einer Hecke, die der Gärtner so gut geschnitten hatte. Eine Schwester stürzte aus dem Intensivzimmer und verschwand in einem anderen. Ihr war noch immer übel. John! Was geschah mit John dort drinnen? Warum durfte sie nicht hinein. Sie musste ihm etwas sagen. Sie musste ihm das sagen, was sie vorhin hätte sagen sollen. Sie musste John sagen, dass der Gärtner ein blöder Kerl sei, der nur Hecken schneiden kann. Sie musste John sagen, dass sie noch ganz viel dazu zu sagen hatte. Er solle nur nicht sterben.

Aber John starb nicht. John kam in eine Kurklinik, und das für mehrere Wochen. Besuchen konnte sie ihn nicht, da sie von einem Tag auf den anderen das Geschäft hatte übernehmen müssen. Als John wieder nach Hause kam, durfte er auch nicht wieder arbeiten. Jede Aufregung musste von ihm fern gehalten werden, noch dringender als zuvor. Keiner außer ihr wusste, wie schwierig das war. Am meisten Angst hatte sie gehabt, dass John sich darüber aufregen würde, dass er nicht arbeiten durfte. Aber erstaunlicherweise war das nicht so schwierig wie erwartet. John saß zu Hause auf dem Sofa, schaute aus dem Fenster und wartete. Sie selbst hingegen arbeitete nun sehr viel und kam meist spät nach Hause. Und wenn sie nach Hause kam, wartete John auf sie, um ihr zu erzählen, worüber er den ganzen Tag nachgedacht hatte. Über den Gärtner sprachen sie nicht mehr. Weder über den Gärtner, noch über den Garten, um den sich jetzt niemand mehr kümmerte. Einzig der Rhododendron blühte herrlich rosarot.

Als John auf der Intensivstation gelegen hatte, war sie noch am gleichen Tag ins Geschäft gegangen. Natürlich musste sie Sally informieren, aber der Hauptgrund war, dass sie ein schlechtes Gewissen hatte. Sie stürzte sich in die Arbeit, als könnte sie damit etwas wieder gutmachen, als ließe sich ihr Gewissen damit beruhigen. Vielleicht aber auch nur, damit sie abgelenkt war und nicht nachzudenken brauchte. Sally half ihr wo sie konnte. Sie erwies sich als äußerst zuverlässig und verständnisvoll und bestätigte ihr, dass es für John in letzter Zeit einfach ein bisschen zuviel gewesen sei. Die Arbeit hatte ihn völlig vereinnahmt, eine Pause hatte er sich schon lange nicht mehr gegönnt und sie selbst habe auch etliche Überstunden gemacht, um ihm so viel wie möglich abzunehmen. Von der Hecke und dem Gärtner wusste sie nichts. Sie befürchtete, Sally würde ihr ebenfalls Vorwürfe machen und vermied es, über den Anlass von Johns Krise zu sprechen und Sally fragte auch nicht nach. Jedenfalls musste John sich nun erholen, egal was auch immer die Ursachen für seine Krise gewesen sein mochten und konnte erst einmal nicht arbeiten. Er saß zu Hause, schaute aus dem Fenster, wartete und hing seinen Gedanken nach, sie ging ins Geschäft und versuchte sich keine Gedanken zu machen, was ohnehin immer unmöglicher wurde, denn auch sie wurde von der Arbeit ziemlich in Beschlag genommen.

Sie hatte versucht, es so gut wie möglich zu machen. Alles. Wie immer. Morgens verließ sie früh das Haus, in der Mittagszeit rief sie John an und erinnerte ihn an seine Tabletten, und abends kam sie mit vollen Einkaufstaschen nach Hause, wo sie sofort an den Herd stürzte. John wartete meist schon ungeduldig auf sie, denn er hatte natürlich viel zu erzählen, alles aufgehoben für den Abend, was er dann auch tat, und sie versuchte ihm – ebenfalls geduldig – zuzuhören, was ihr aber nicht wirklich gelang. Zu unwichtig erschien ihr das, worüber er sich tagsüber Gedanken gemacht hatte, aber sie wagte es nicht zu sagen, denn es hätte ihn aufgeregt. John erholte sich zusehends, und es ging ihm von Woche zu Woche besser, was sie von sich nicht sagen konnte. Das Geschäft und der Haushalt und ein ausgeruhter John, das forderte sie in einem bisher ungekannten Maße, und so war sie der Meinung, John könnte sich auch ein bisschen nützlich machen und mithelfen, im Geschäft oder auch im Haus. Der Arzt war anderer Meinung, weswegen sie ihn innerlich verflucht hatte, denn sie erlebte John als bestens erholt und in beinahe Topform. John selbst schien es auch nicht im Mindesten zu drängen, wieder ins Geschäft zu gehen, was sie einerseits nicht verstand, andererseits auch ärgerlich fand und je mehr Zeit verstrich, desto mehr verwünschte sie für ein weiteres Mal den Tag, an dem sie den Gärtner wegen der Hecke angerufen hatte.

Alles war jetzt anders und zwar auf einmal. Anders war auch, dass John sich nun zum leidenschaftlichen Liebhaber entwickelte, was einerseits seiner fortschreitenden Genesung zuzuschreiben war, andererseits aber sicherlich auch seinem Bedürfnis, sie ausreichend mit Liebe zu versorgen, damit sie sich nicht wieder würde anderweitig umsehen müssen, eine Sorge, die so abwegig war, dass sie sich fast darüber ärgerte, denn dafür wäre, selbst wenn sie gewollt hätte, einfach keine Zeit. Wie in alten Zeiten umarmte er sie, wann immer sich die Gelegenheit bot, ließ seine Hände über ihren Körper wandern, öffnete Reißverschlüsse und Knöpfe, und obwohl sie immer völlig erschöpft und müde war, ließ sie ihn gewähren. Er gab sowieso keine Ruhe, bis er hatte, was er wollte, selbst, wenn sie sich schlafend stellte. Nein, mit Hingabe hatte es nichts mehr zu tun. Bestenfalls mit Nachgeben, vielleicht war es aber auch schon ein Aufgeben gewesen. Für John spielte das keinerlei Rolle. Wahrscheinlich merkte er den Unterschied noch nicht einmal. Im Ergebnis war es John vermutlich egal, ob sie sich hingab, ob sie nachgab oder sogar aufgab. Wenn er sie liebte, fühlte er sich gut, stark und .... erstaunlich gesund. Und sie ließ ihn gewähren, weil es ihm gut tat, weil sie hoffte, dass er dann schneller ganz genesen würde und vor allem, damit er sich nicht aufregte. Es gab nur eine Sache, die John störte, und das waren seine Finger. In den Fingern der rechten Hand waren Lähmungen, die sich nicht besserten.

Damals wurde ihr zum ersten Male wirklich bewusst, dass ihr Leben von Anfang an in seinen Händen gelegen hatte. Es wurde ihr bewusst, dass sie von Anfang an abhängig von John gewesen war, in jeder Hinsicht. Erst hatte sie ihren Job aufgegeben und war finanziell von John abhängig geworden. Sie war von seinem Geld abhängig und vom Erfolg seines Geschäfts. Sie war von seinem Samen und von seiner Manneskraft abhängig. Sie war von seinen Stimmungen und Befindlichkeiten abhängig, von seiner Eifersucht und seinen Bedürfnissen und schließlich war sie sogar von seinem Schlaganfall abhängig. Ihr ganzes Leben orientierte sich einzig und allein an ihm. John hatte Macht, viel Macht. Er hatte Macht über sie und ihr Leben. John bestimmte alles. Er war der Bestimmer. Sein Blutdruck war der Bestimmer. Alles richtete sich nach ihm und seinen Werten. War der Blutdruck hoch, war höchste Vorsicht geboten. War der Blutdruck niedrig, war höchste Vorsicht geboten, dass er nicht anstieg. Der Arzt sagte, es müsse so sein. John sagte auch, es müsse so sein. Und dabei ging es ihm gut, besser, als es ihm je zuvor gegangen war. Aber das Schlimmste daran war, dass sie nicht mit ihm darüber reden konnte.

Eines Morgens, als sie das Auto in der Garage aufschließen wollte, um ins Geschäft zu fahren, stolperte sie über etwas. Sie bückte sich und sah den alten Teddy vor sich liegen, den John ihr einst zum Geburtstag geschenkt hatte. Den

Teddy namens Johnny, der eigentlich gar nicht mehr da sein dürfte, weil John ihn doch vergiftet hatte. Aber sie hatte sich nicht dazu durchringen können ihn zu begraben und hatte ihn stattdessen in die kalte, dunkle Garage in eines der Regale gesetzt, so weit nach oben, dass sie ihn nicht mehr sehen konnte. Jetzt lag er zu ihren Füßen, zerrupft und verfilzt, nur seine braunen Glasaugen sahen sie mit dem gleichen traurigen Blick wie damals an. Sie war so erschrocken, dass sie sich im ersten Moment gar nicht rühren konnte. Dann hob sie ihn auf, klopfte ihn kurz ab und betrachtete ihn. Sie stand in der kalten, dunklen Garage und schaute in seine traurigen braunen Glasaugen, als könnte sie in ihnen eine Antwort auf all ihre Fragen finden. All die Gedanken und Gefühle, von denen sie dachte, sie hätte sie damals im Garten verbrannt, waren auf einmal wieder da und mit ihnen kamen auch die Schmerzen wieder und es tat fürchterlich weh. Sie setzte sich mit Johnny ins Auto und fing an zu weinen. Sie weinte und weinte und erzählte Johnny, warum sie weinte. Sie erzählte ihm, dass sie wegen ihm weine. Sie erzählte ihm, dass sie wegen John weine. Sie erzählte ihm, dass sie wegen sich selbst weine. Sie weinte, weil sie einen kranken John aber keinen Johnny hatte. Sie weinte, weil sie keines von beidem ändern konnte.

Und dann, als sie irgendwann genug geweint hatte, war mit einem Mal genug Platz für ein ganz anderes, neues Gefühl, den Zorn. Sie wurde zornig. Sie wurde zornig auf John. Auf John, um den sich alles drehte. Auf John, in dessen Händen ihr Leben lag. Auf John, der der Bestimmer war. Auf John, der soviel Macht über sie hatte. Auf John, der dort drinnen auf dem Sofa lag, seine Zeitung las und nur darauf wartete, dass sie wieder nach Hause kam. Auf John, der darauf wartete, sie umarmen zu können, sie lieben zu können. Auf John, der eigentlich krank war. Als Kind im Krankenhaus, da war sie auch zornig gewesen, zornig auf die Krankenschwestern, die ihr alles vorgeschrieben hatten. Sie hatte sie Zeit ihres Lebens dafür gehasst, jene Schwestern, die über alles bestimmen konnten, auch über sie.

Doch obwohl sie die Macht jener Krankenschwestern ihrer Kindheit so gehasst hatte, fragte sie sich nun, ob es denn nicht auch möglich sei, Macht über John zu haben? John war jetzt der Patient, nicht sie. Was konnte John denn schon machen? Eigentlich nichts. Der Erfolg des Geschäfts, seines Geschäfts, hing jetzt einzig und allein von ihr ab. Er konnte nur auf sie warten. Warten, dass sie nach Hause kam. Er konnte nur das machen, was sie zuließ. Er konnte sich nur erholen, wenn sie Aufregung von ihm fern hielt. Er konnte sie nur lieben, wenn sie mitmachte. Er konnte nur sein Leben leben, wenn sie auf ihres achtete. Und da fasste sie einen Entschluss. Sie fasste den Entschluss, ihr Leben selbst in die Hand zu nehmen. Sie wollte selbst Macht haben. Sie wollte selbst bestimmen. John sollte sich nach ihren Bedürfnissen und ihren Befindlichkeiten richten. John sollte von ihr abhängig sein. Sie nahm Johnny in beide Hände, hielt ihn vor sich in die Höhe und sagte ganz laut und deutlich: Jetzt ist Schluss!

Ein Schauer lief ihr über den Rücken. Ja, so war es gewesen. Sie schloss die Augen und atmete tief durch, als würde ihr dies heute wie damals die ersehnte Erleichterung verschaffen. Jetzt ist Schluss, hatte sie damals im Auto gesagt. Nur diese drei Worte. Aber sie wusste, dass sie nie zuvor Worte mit solcher Nachdrücklichkeit und Unumstößlichkeit gesagt hatte, wie diese. Und dann war sie einfach ins Geschäft gefahren, hatte Sally für den Tag nach Hause geschickt, hatte das Geschäft geschlossen und war durch die Stadt gelaufen. Einfach so. Sie hatte zunächst gar nicht gewusst, was sie machen sollte. Sie hatte auch nicht gewusst, was sie machen wollte. Sie wusste nur eines bestimmt: Sie wollte auf gar keinen Fall zurück ins Geschäft und sie wollte auf gar keinen Fall zurück zu John. Jedenfalls nicht an jenem Morgen.

Sie hatte das Geschäft geschlossen, und sie hatte beschlossen, nicht zu John nach Hause zu fahren. Sie hatte beschlossen, ihn auch nicht anzurufen, um ihn an seine Tabletten zu erinnern. Sollte er doch selbst daran denken. Schließlich war sie nicht seine Krankenschwester und John war allemal gesund genug, um selbst an seine Tabletten zu denken. Wenn er mit ihr schlafen konnte, konnte er auch an seine dämlichen Tabletten denken. Ob er sie finden würde? Sie parkte ihr Auto am Eingang zum Park, wo noch immer das hübsche kleine Café war, in dem sie John zum ersten Mal getroffen hatte. Damals, mit der runden braunen Hornbrille und dem Wirbel. Sogar der Tisch, an dem sie gesessen hatten, war frei. Sie bestellte sich einen großen Milchkaffee und ein Croissant. Ja, genau hier hatten sie gesessen und sich unterhalten. Worüber wusste sie nicht mehr. Sie wusste nur noch, dass sie ganz fasziniert gewesen war davon, was er erzählt hatte. Sie hatte ihn angeschaut während er sprach und hatte gewusst, dass sie den Mann fürs Leben gefunden hatte. Offenbar hatte John das Gleiche von ihr gedacht. Sogar der Kellner, der ihr den Milchkaffee brachte, kam ihr irgendwie bekannt vor, obwohl sie sich nicht vorstellen konnte, dass er noch der Gleiche war.

Sie hatte den Vormittag im Café und den Nachmittag im Park verbracht. Es tat so gut, einfach nur dazusitzen und Menschen anzuschauen und nichts zu tun. Sie konnte sich nicht erinnern, worüber sie an jenem besonderen Nachmittag nachgedacht hatte. Vielleicht hatte sie auch an gar nichts gedacht. Als sie jedenfalls abends nach Hause kam, empfing John sie sehr aufgebracht. Wieso sie ihn nicht an seine Tabletten erinnert habe, wollte er wissen. Warum er nicht selbst daran gedacht habe, fragte sie zurück. Er hatte sich darauf verlassen, dass sie daran dachte, wie immer. Dass es kein Wie-immer mehr gab, konnte John noch nicht wissen. Und dass es problematisch war, wenn er seine Tabletten nicht einnahm, das wusste sie. Sie hätte es ihm vorher sagen müssen. Aber auch mit dem schlechten Gewissen sollte nun Schluss sein, denn es war ein weiteres Zeichen von Abhängigkeit. Und dann hatte sie ihm gesagt, dass er ab jetzt an seine Tabletten selbst denken musste.

Natürlich hatte sie das Geschäft nicht vernachlässigt, was ja auch dumm gewesen wäre, denn vom Erfolg des Geschäfts war und blieb sie abhängig. Aber wenn sie es nun schon mehr oder weniger ganz übernommen hatte, dann sollte es wenigstens mit größtmöglichem Erfolg geschehen, was ihr – zusammen mit Sally – auch gelang. Sie brauchten John überhaupt nicht dazu. Sie machten es anders, und sie machten es gut. Sollte John doch zuhause auf dem Sofa liegen und seinen Blutdruck messen. Sollte er doch seinen Schlaganfall so lange auskurieren, wie er wollte. Sie hatte Erfolg. Und dieser Erfolg freute sie sehr, denn der Erfolg gab ihr vermehrt das Gefühl von Unabhängigkeit und vor allem von Macht. Was John konnte, konnte sie auch. Und weil es gar nicht anders ging, fuhr sie sogar auf

Geschäftsreisen, sehr zum Leidwesen von John. Das hatte ihm am allerwenigsten gefallen. Das war sein Metier gewesen. Aber sie war gefahren. Sie hatte gesagt, er solle sich nicht aufregen und war gefahren. Natürlich hatte sie John angerufen. Jeden Tag. Wie er es einst getan hatte. Und sie erzählte ihm von all diesen interessanten Leuten, die sie traf, von den interessanten Gesprächen, den Eindrücken und den Anstrengungen eines Messetages. John kannte das ja bestens. Ja, das tat er. Und es ging ihm gar nicht gut zu Hause. Eigentlich ging es ihm von Tag zu Tag schlechter. Sein Blutdruck steige wieder, beklagte er sich und er könne nachts nicht richtig schlafen, habe Hitzewallungen und Beklemmungen und außerdem sei es höchste Zeit, dass sie wieder nach Hause komme.

Was John dachte war seine Sache. Was sie dachte war eine ganz andere. Sie hatte Schluss gemacht damit, nur um ihn zu kreisen. Sie wollte jetzt nur noch um sich selbst kreisen, es war allerhöchste Zeit geworden, dies endlich zu tun. Wenn sie sich um John kümmern wollte, dann kümmerte sie sich um ihn. Wenn sie sich lieber um sich selbst kümmern wollte, dann kümmerte sie sich um sich selbst. So krank war er nun auch wieder nicht. Sie hatte ganz einfach begonnen zu entscheiden. Sie entschied, mit wem sie ausging und wann sie nach Hause kam. Sie entschied, worüber sie mit John redete und worüber sie mit ihm stritt. Sie entschied, ob sie auf dem Sofa schlief oder bei ihm im Bett. Sie entschied, ob er sie umarmen durfte und ob er sie lieben durfte. Letztlich entschied sie sogar, ob John sich aufregte oder nicht, und er regte sich auf. Sein Blutdruck stieg und fiel, sein Herz raste und stolperte, seine Stimmung hob und senkte sich. Einzig die Lähmung in seinen Fingern blieb konstant, ließ nicht nach. Das störte ihn am meisten, denn dadurch war und blieb er sehr eingeschränkt, was ihn in immer trübere Stimmung versetzte. Wenn er seine Finger betrachtete, schlugen seine Gefühle um in Hilflosigkeit und Unfähigkeit und vor allem in Nutzlosigkeit, und mehr und mehr wurde ihm das Trostlose seines Daseins bewusst, das Trostlose und das Aussichtslose. Vermutlich dachte auch John nun darüber nach, wie schnell sich Dinge im Leben ändern konnten, aber er sprach darüber nicht viel. Er jammerte und haderte und lag ihr in den Ohren mit Selbstzweifeln und Schuldgefühlen. Auch sein Drang, sie zu lieben, ließ mit der Zeit wieder nach, denn die Hoffnungslosigkeit seiner Lage wurde von Woche zu Woche größer und stürzte ihn in tiefe Depressionen. Sie hingegen fühlte sich wichtig, mächtig und stark. Aber vor allem fühlte sie sich anziehend und dies vielleicht zum ersten Mal in ihrem Leben.

Manchmal, wenn es ihr gelang, die Erinnerung an die alten Gefühle wieder lebendig werden zu lassen, und John – wie ehemals – gerade in seiner Hilflosigkeit anziehend zu finden, versuchte sie sich ihm wie früher einfach nur hinzugeben. Aber es wurde nie mehr so wie früher, so sehr sie es sich gewünscht hatte. John war jetzt anders schwach. Er bemühte sich zwar, ihr ein guter Liebhaber zu bleiben, aber er spürte wohl auch, dass irgendetwas anders war und endete jedes Mal damit, dass er sicher war, sie würde ihn bald verlassen. Aber daran hatte sie nie gedacht. Nicht zu jenem Zeitpunkt jedenfalls. Und schon gar nicht deshalb. Sie hatte ihrem Leben einfach eine neue Ausrichtung gegeben und dieses neue Lebensgefühl tat ihr gut. Ob John sich als guter oder schlechter Liebhaber fühlte, spielte für sie keine Rolle. Sie drängte ihn zu nichts. Das hatte sie sowieso nie getan. Jetzt schon gar nicht, da sie sich ohnehin nur noch selten liebten. Sie ließ geschehen, was geschah, ohne Hingabe, ohne Aufgabe, einfach so.

Als es klar war, dass John nicht mehr im Geschäft arbeiten konnte, überlegten sie, dass er doch von zu Hause aus einen Teil der Büroarbeiten erledigen könnte, jedenfalls soweit es ihm mit seiner Einschränkung möglich war. Für ihn war das gut, denn er hatte wieder etwas Sinnvolles zu tun. Der Alltag ging weiter, aber mit vertauschten Vorzeichen. So hätte es bleiben können, dachte sie. Es war nicht ideal, aber es hatte seine Vorteile und man gewöhnt sich an vieles, selbst John. So hätte es einfach bleiben können. Wenngleich alles verdreht war, war es in der Summe doch gleich geblieben. John machte, was er konnte, sie machte, was sie konnte und sie machte es gut. Aber ein weiteres Mal in ihrem Leben musste sie die Erfahrung machen, dass das Leben andere Pläne hat als man selbst. Irgendwann, während einer ihrer häufigen Geschäftsreisen, ging es damit los, dass ihr öfters übel wurde. Zuerst schob sie es auf den Stress, als es ihr jedoch zu Hause auch nicht besser ging, wusste sie, dass sie schwanger war.

Mittlerweile tauchte die milde Frühlingssonne auch den Rhododendron in ein wärmendes Licht, die Strahlen hatten schon Kraft. Wenn überhaupt noch Leben in ihm sein sollte, so brauchte er jetzt Licht, Wärme und Licht. Auch sie brauchte Wärme und Licht. Damals natürlich, aber auch jetzt. Jetzt vielleicht sogar noch mehr. In der Jugend denkt man nicht daran. Man setzt voraus, dass Wärme und Licht immer da sind. Dass jede Beziehung ihre Jahreszeiten hat, das sah sie erst viel später. Frühling heißt Leben und Jugend lebt. Unbeschwert, denn sie kennt ja kaum anderes. Und dann vergeht die Zeit. Einfach so. Und ihre Liebe tritt in den Spätsommer ein. Und dann ist Herbstanfang und dann wird es kalt und kälter und dann friert man und fühlt sich allein und dann, dann wartet man auf den nächsten Frühling, sehnsüchtig, erwartungsvoll, weil man sich erinnert, wie schön es im Frühling war, vor langer Zeit, am Anfang eben. Wenn es überhaupt etwas Verlässliches gibt, dann die Jahreszeiten.

Dass sie schwanger war, brachte jedenfalls viel Veränderung und auch ganz schnell. Zunächst war es ein Schock gewesen. Sie war beinahe vierzig und Johns Haar war mittlerweile völlig grau. Als sie ihm sagte, dass sie schwanger sei, schaute er sie ungläubig an und sagte überhaupt nichts dazu. Drei Tage lang sagte er nichts. Dann sagte er, das Kind sei nicht von ihm. Das hatte ihr die Sprache verschlagen und nun sagte sie drei Tage lang nichts. Alle Beteuerungen, dass das Kind von niemand anderem sein konnte, schienen John nicht zu erreichen. Er hielt stur daran fest, dass er zeugungsunfähig sei, jetzt noch dazu als halber Krüppel, jetzt, wo sie ihn schon lange nicht mehr ernst nehme, jetzt, wo sie ihn doch ohnehin am liebsten verließe. Und dann wollte er wissen, wer der Vater sei, dies sei sein Recht. Sie hatte mehrfach immer wieder eindringlich wiederholt, dass das Kind sein Kind sei und nur seines, und dass sie sich darauf freue, endlich, endlich nach all den Jahren, aber er glaubte ihr nicht. Je mehr sie ihn zu überzeugen versuchte, desto mehr regte er sich auf. Er nannte sie treulos und undankbar, falsch und hinterhältig und erschreckend unverfroren.

Fassungslos über Johns Beschimpfungen und fassungslos über die plötzliche Veränderung in ihrem Leben hatte sie zu schreien begonnen. Sie schrie. Nach seinem dreitägigen Schweigen und ihrem dreitägigen Schweigen musste sie jetzt schreien. Sie schrie für die letzten drei Tage, in denen sie geschwiegen hatte, sie schrie für die letzen zehn Jahre, in denen sie geschwiegen hatte. Sie schrie für sich und ihr Kind und diesen unsäglich enttäuschenden Augenblick. Sie wusste nicht, was sie schrie. Sie achtete nicht darauf. Irgendwie schien es sich auch zu wiederholen. Es war so viel, so viel, was sie zu schreien hatte. Zehn Jahre waren eine lange Zeit. Jeder unausgesprochene Gedanke, jedes unterdrückte Gefühl. Es gab so viel davon. Und auf einmal war alles da, alles Unausgesprochene, alles Unterdrückte. Alles Geschwiegene und Verschwiegene. Es schrie aus ihr heraus, es beschwerte sich nicht, es beklagte sich nicht, es brach aus ihr heraus mit der Mächtigkeit eines Vulkans, so vernichtend, wie seine heiße Lava. Und John schrie ebenfalls. Auch er schrie für sich. Auch er schrie für die letzten Tage und die letzten Jahre, für all die Jahre, die sie zusammen waren. Er rannte auf und ab und hin und her. Er stampfte und schlug mit der Faust gegen die Wand. Er griff nach etwas, das auf der Kommode lag, schmetterte es zu Boden und zertrat es. Es knirschte. John achtete nicht darauf und schrie weiter. Sie achtete auch nicht darauf und schrie auch weiter, bis sein Gesicht rot vor Aufregung und ihres weiß vor Erschöpfung war. Dann hastete John zu seinem Nachttisch, wo seine Tabletten lagen. Ihr Unterleib zog sich zusammen und sie stürzte zur Toilette, wo sie sich übergab. Hatte John es tatsächlich noch geschafft, den Notarzt zu rufen? Als er kam, wollte sie nur sterben. Am besten gleich. Alles andere war ihr egal.

John war sofort auf die Intensivstation des Krankenhauses gebracht worden. Wenn sie jetzt gleich zu ihm hineingehen durfte, was sollte sie sagen? Sie würde irgendetwas zu ihm sagen müssen, wenn sie hineinging und vor ihm stand. Aber es war alles gesagt. Alles war gesagt, alles, was es zu sagen gab. Sie wusste nicht, was sie ihm noch hätte sagen sollen, damals wie heute. Der Unterschied war nur, dass es damals noch Hoffnung in ihr gegeben hatte, Hoffnung, die es heute nicht mehr gab. Auf was sollte sie noch hoffen? Damals hatte sie gehofft, dass alles wieder gut würde. Damals hatte sie gehofft, es würde sich wieder etwas ändern. Sie hatte gar nicht genau gewusst, was sich ändern sollte. Sie hatte auch nicht genau gewusst, wie es sich ändern sollte. Sie hatte nur gewusst, dass vieles möglich war und dass irgendeine dieser vielen Möglichkeiten eintreffen sollte. Wie schon so oft. Und dann würde man schon sehen. Es sollte einfach wieder gut werden. Alles. Es war bisher immer irgendwie weitergegangen. Sie hatte gelernt, darauf zu vertrauen. Heute erwartete sie nichts mehr. Und sie hoffte auf nichts mehr. Und zu sagen gab es auch nichts mehr. Es würde sich nichts mehr verändern. Sie wusste, wie es weitergehen würde, Tag für Tag, Monat für Monat, vielleicht sogar noch Jahre. Es war auch nicht mehr die Frage, ob sie das so wollte oder nicht. Es stellte sich nur noch eine einzige Frage. Die Frage, ob sie es so fortsetzen wollte oder nicht. Aber im Grunde hatte auch diese Frage sich für sie längst beantwortet. Sie wollte es nicht. Sie wollte es nicht so fortsetzen, ihr Leben, so wie es war oder vielmehr das, was davon übrig geblieben war. Die Frage war längst eine ganz andere. Die Frage war, wie diesem Leben ein Ende gesetzt werden konnte, diesem Leben, das sie so nicht weiterleben wollte, diesem Leben, das ihr damals in jener Phase so wenig lebenswert schien.

Sie konnte die kühle Atmosphäre des Krankenhausganges spüren, so, als sei es gerade erst gestern gewesen. Sie hatte einige Zeit warten müssen, und jedes Mal, wenn eine Krankenschwester aus dem Intensivzimmer gehastet kam, hatte sie versucht sie anzusprechen. Aber die Krankenschwestern winkten nur ab, hasteten weiter und verschwanden hinter irgendeiner anderen Tür. Sie wartete und wartete. Vieles ging ihr durch den Kopf. Die letzten Stunden, die letzten Tage, die letzte Zeit. Ein neuer Lebensabschnitt war gerade dabei zu beginnen, der Lebensabschnitt mit Johnny. Sie wusste nicht, ob sie sich darauf freuen oder sich davor fürchten sollte. John würde nach seiner zweiten Krise nicht mehr viel machen können. Was würde er überhaupt noch tun können? Sie selbst würde nach der Entbindung auch nicht mehr arbeiten können, eine Zeit lang jedenfalls nicht. Und danach? Würde sie Johnny bei John lassen können, bei John, der selbst noch ein Kind war? Fragen über Fragen, Fragen, die unbeantwortet bleiben mussten. Irgendwann, sie wusste nicht, wie lange sie gewartet hatte, kam ein Arzt aus dem Intensivzimmer und nahm sie zur Seite. Hinter ihm schoben andere Ärzte ein Bett heraus, auf dem John lag. Regungslos. Sie wollte zu ihm gehen, aber der Arzt hielt sie zurück. Es gehe ihrem Mann nicht gut, sagte er, aber er werde es schaffen, gerade so. Ganz knapp. Wirklich ganz knapp. John habe das Bewusstsein verloren, erklärte der Arzt. Viel zu hoher Blutdruck. Erst Verdacht auf Schlaganfall. Dann Verdacht auf Hirnblutung. Genaues wisse man erst nach der Computertomographie. Um sie herum begann sich alles zu drehen. Eine Schwester führte sie ins Stationszimmer, wo sie auf einen Stuhl sank.

Da John bewusstlos war, konnte sie nicht mit ihm sprechen. Er lag da, als ob er schliefe, aber er schlief nicht und man konnte ihn nicht einfach wecken. Nicht einfach so, wie sie es hunderte Male getan hatte. Meistens hatte sie sich geärgert, dass er sich immer von ihr wecken ließ, genauso, wie sie sich geärgert hatte, dass er während des Frühstücks die Zeitung las und dabei ununterbrochen darüber redete, was er las und voraussetzte, dass sie ihm zuhörte und antwortete. Jetzt wünschte sie sich nichts mehr auf der Welt, als dass sie ihn wecken und ihm zuhören könnte. Aber John regte sich nicht. Und das eine geraume Zeit lang. Jeden Morgen betete sie, dass er heute aufwachen möge. Heute, ganz bestimmt. Und wenn nicht heute, dann morgen. Ja, morgen, morgen wacht er auf. Ganz sicher.

Sie zuckte zusammen. Dieses Geräusch. Da war es wieder. Das Geräusch kam aus dem Schlafzimmer und durchdrang jede Faser ihres müden Körpers. Sie war müde. Schon lange war sie müde, zu lange. Jedes Mal raffte sie sich wieder auf, zwang sich, überwand sich, schlich hinüber, tat, was getan werden musste, schlich hinaus, schweigend, gebückt. Es ging alles wie von selbst. Man gewöhnt sich an vieles. Man wird nur nicht mehr richtig wach. Alles geht wie im Schlaf. Ohne dass man nachdenken muss. Man macht es einfach. Sie machte es einfach. Und es kam ihr vor, als habe sie es schon ihr Leben lang gemacht. Alles andere, das, was einmal anders gewesen war, lag unendlich lange zurück. Eine Ewigkeit. Seitdem wurde sie nicht mehr richtig wach. Jahrelang hatte sie gehofft, alles sei nur ein Traum, aus dem sie jederzeit wieder aufwachen konnte. Aber sie wachte nicht auf, der Traum ging weiter. Sie konnte nicht aussteigen, nicht aufwachen, nicht einfach dort weitermachen, wo sie einmal gewesen war. Damals hatte sie gehofft, dass John wieder aufwachen würde. Später hatte sie gehofft, dass sie selbst aufwachen würde. John war tatsächlich aufgewacht, irgendwann nach vierzehn endlos langen Tagen. Und sie selbst? Sie wusste, dass der Traum weitergehen würde, so lange, bis sie ihm selbst ein Ende setzte.

Als John die Augen aufschlug, hatte sie einen Schrei ausgestoßen. Er zuckte zusammen und sie stieß noch einen Schrei aus. Sie schlug erschrocken die Hände vor den Mund und sah ihn ungläubig an. Sie wartete darauf, dass er etwas sagen würde, oder vielleicht würde er auch einen Schrei ausstoßen, so wie sie, weil er wieder wach war. Aber John stieß keinen Schrei aus und er sagte auch nichts. Sie sah ihn an, er sah sie an. Er bewegte seine Augen, sonst nichts. Seine Brille, dachte sie, er braucht seine Brille. Er kann mich nicht erkennen. Doch John hatte seine Brille zertreten. Die alte braune Hornbrille mit den runden Gläsern war zerstört. Die alte braune Hornbrille, die sie so geliebt hatte, mit der sie ihn so geliebt hatte. Gelegentlich hatte er sie noch getragen, gelegentlich, wenn sie ihn darum gebeten hatte. Gelegentlich, wenn sie ihren alten John wiederhaben wollte. Jetzt war sie zerbrochen. Sie einfach wegzuwerfen hatte sie nicht übers Herz gebracht. Sie hatte sie in eine Schachtel mit alten Fotos gelegt. Alte Fotos, auf denen John zu sehen war. Fotos vom Anfang. Fotos von John mit Brille. Nicht nur die Brille war kaputt. Alles Bisherige war zertreten, zerbrochen, auf einmal. Alles, was war und alles, was sein sollte. Alles, was hätte sein können.

John kam in eine spezielle Reha-Klinik. Dort blieb er drei Monate. Dort sollte ihm geholfen werden, dort sollte er viel lernen. Als man ihr sagte, sie dürfe ihn nach Hause holen, konnte John in einem Rollstuhl sitzen, den linken Arm bewegen, den linken Mundwinkel hoch ziehen und die linke Augenbraue. Er hatte gelernt überrascht auszusehen, zweifelnd auszusehen, erfreut auszusehen und ablehnend auszusehen. Und auch sie hatte viel gelernt. Sie hatte gelernt, was es bedeutete, wenn John die linke Augenbraue oder den linken Mundwinkel hochzog. Sie hatte gelernt zu verstehen, wenn er überrascht, zweifelnd, erfreut oder ablehnend aussah. John konnte hören, riechen, sehen und schmecken. Er konnte auf Dinge deuten, mit seinem linken Arm, nach etwas greifen, und er konnte sie festhalten. Er konnte sich die Nase putzen und sich kratzen. Aber er konnte nicht sprechen. Er konnte ein paar Laute von sich geben, die keiner verstand, auch sie nicht. John habe außergewöhnlich viel und schnell gelernt, sagten die Ärzte. Er sei ein guter Patient gewesen und wenn sie weiterhin intensiv und regelmäßig mit ihm übe, könne John sicherlich noch große Fortschritte machen, hieß es bei seiner Entlassung.

Sie übten jeden Tag. Vormittags ging sie ins Geschäft, und Sally hütete John. Nachmittags übernahm Sally das Geschäft und sie begann mit dem Übungsprogramm. Sie übte alles mit ihm, was man nur üben konnte, und schließlich hatte John gelernt, mit der linken Hand zu schreiben und konnte auf kleinen Zettelchen mitteilen, was er wollte. Aber trotz der großen Fortschritte, die er machte, war John oft depressiv. Dann schaute er nur ins Leere und ließ seinen Tränen freien Lauf. Er tat ihr aufrichtig Leid. Jede freie Minute versuchte sie mit ihm zu verbringen, damit er Ablenkung hatte, und damit ihr schlechtes Gewissen sie nicht so sehr quälen konnte. Denn – ob sie es wollte oder nicht – es meldete sich, mitten in der Nacht, beim Arbeiten, überhaupt war es immer da, und besonders, wenn sie sich um John kümmerte. Die Frage, ob sie selbst ein schlechtes Gewissen haben müsse, stellte sie sich gar nicht mehr, denn egal, wie sie sie beantwortete, es kam trotzdem. Es kam schon deshalb, weil es ihr besser ging als ihm. Um mit ihrem Gewissen halbwegs ins Reine zu kommen, versuchte sie alles, was sie machte, so gut wie nur irgend möglich zu machen. Sie arbeitete mehr denn je. Sie erledigte den Haushalt und nahm sich jede freie Minute John und seinem Wohlergehen an. Sie erzählte ihm stundenlang vom Geschäft, las ihm aus der Zeitung vor, schob ihn in den Garten, wo sie ihm im Schatten des rosablühenden Rhododendron sanft den Nacken massierte und versuchte auch ohne seine Zettelchen herauszufinden, was er gerade wollte. Und so ganz nebenbei fiel ihr immer wieder ein, dass sie schwanger war.

Nein, viel Zeit hatte sie damals nicht gehabt darüber nachzudenken, noch nicht einmal wenn sie im Bett lag, denn sie schlief vor Erschöpfung auf der Stelle ein. Wäre ihr Bauch nicht langsam dicker und dicker geworden, hätte sie fast vergessen, dass sie bald ein Baby haben würde. Vielleicht hatte sie es auch vergessen wollen. Denn sie hatte jetzt jemanden, um den sie sich kümmern musste, intensiv und ausgiebig. Gott sei Dank weiß man im Leben nie, was noch alles auf einen zukommt, dachte sie. Gott sei Dank hatte sie es damals nicht gewusst. Aber auch jetzt wusste sie nicht, was auf sie zukommen würde. Sie wusste, was weiterhin auf sie zukommen würde, wenn sie blieb. Nur das wusste sie wirklich. Doch noch nicht einmal das war wirklich sicher. Ja, sie konnte bleiben, bleiben und es einfach anders machen, anders als bisher. Aber dafür war es im Grunde schon zu spät. Damit hätte sie früher anfangen müssen. Sie hätte früher damit anfangen müssen, irgendetwas anders zu machen. Aber sie hatte zugelassen, dass alles immer genau so weiterging, wie es immer schon gewesen war, damals wie heute. Und sie war es, die zugelassen hatte, dass John dieses »wie immer« bestimmte, sagte, was »wie immer« ist, bestimmte, wie es aussehen sollte. Er hatte es immer bestimmt und er bestimmte es auch jetzt. Und er würde es zukünftig bestimmen, das, wie es weitergehen sollte. Nein, es war zu spät, etwas zu ändern. Man konnte es nicht mehr ändern. Man konnte es höchstens beenden, so, dass es gar kein »wie immer« mehr gab.

Aber der Alltag holt einen meist sehr schnell wieder ein und sie hatten sich – wie immer - beide erstaunlich gut an die Veränderungen in ihrem Leben gewöhnt. Der erbarmungslose Alltag fing sie auf mit seinen Anforderungen, gab dem Tag Struktur, machte es dadurch erträglich. Der feste Ablauf, in dem Johns dauernde Versorgung einen großen Platz einnahm, füllten ihr Leben nun aus, und irgendwann hatte auch John sich damit zurechtgefunden. Er weinte nicht mehr, und dies war vielleicht der größte Erfolg ihrer Bemühungen gewesen. Nichtsdestoweniger erlaubten sich gelegentlich Erinnerungen, Wege in ihr Bewusstsein zu bahnen und in jenen Momenten wurde ihr sehr deutlich, was sie vermisste. Sein Schimpfen über die Zeitung, seine Bemerkungen zu allem und jedem, seine Umarmungen, seine Hände auf ihrem Po und ihrem Busen. Sie vermisste alles, was John ausgemacht hatte, alles war weg, John war ein anderer, John war nicht mehr John. Sein rechter Arm lag kraftlos in seinem Schoß. Nur seine Linke legte er oft auf ihren immer dicker werdenden Bauch. Dann strahlte er und sah sie glücklich an. Manchmal aber schaute er dabei weg, und sie wusste, dass er traurig war.

Und dann kam Johnny. Johnny kam mitten in der Nacht und sie hatte Sally anrufen müssen, um sie ins Krankenhaus zu fahren. Danach fuhr Sally zu John, um auf ihn aufzupassen, solange sie nicht da war. Sie erinnerte sich kaum an jene Zeit. Sie konnte es sich nicht erklären, aber vieles wusste sie einfach nicht mehr. Sie wusste nur noch, dass sie wieder schrecklich viel zu tun hatte und schrecklich wenig schlief. Entweder musste sie sich um Johnny kümmern oder um John, und wenn zufällig beide einmal gleichzeitig schliefen, versuchte auch sie zu schlafen. Ja, sie konnte sich tatsächlich nur daran erinnern, dass sie immer müde war und John ihr unentwegt Zettelchen schrieb, meistens, weil er Johnny sehen wollte. Überhaupt hatte er das Zettelchen schreiben für sich entdeckt als wirkungsvollste Methode, sich mitzuteilen und zwar über alles, und es wurde ständig mehr. Wenn sie ihn sah, kritzelte er mit seiner linken Hand umständlich irgendwelche Buchstaben auf einen Zettel, die er feinsäuberlich neben sich auf dem Tisch sammelte und die sie alle lesen musste, sobald sie ins Zimmer kam. Sie las sie alle, der Reihe nach, aber es wurden von Tag zu Tag mehr. John bekam immer mehr Übung, wurde zusehends geschickter und fand immer größeren Gefallen daran, sie mit seinen Nachrichten darüber zu informieren, was er dachte, fühlte oder wünschte. Und wenn sie nicht gerade Johns Zettelchen las, brüllte Johnny und sie hastete ins Kinderzimmer und holte ihn. Johns größte Freude war es nämlich, Johnny im Arm zu halten. Sehr vorsichtig legte sie ihn in Johns linken Arm, kniete vor ihm nieder, legte ihren

Kopf in seinen Schoß und schloss die Augen. Sie spürte Johnnys leichten Atem und Johns warmen Körper und für wenige Augenblicke hatte sie das Gefühl, dass sie eine ganz normale Familie waren. Für wenige Augenblicke.

Dann kam die Phase, in der John anfing, sich vernachlässigt zu fühlen. Alle Väter fühlen sich irgendwann vernachlässigt und sind eifersüchtig auf ihr Kind, besonders auf Söhne. Und natürlich war auch John eifersüchtig auf Johnny. Schließlich war er krank, und man musste sich auch um ihn kümmern. Seine Krankheit verschärfte die Situation, das wusste er sehr genau und nutzte es aus. Hier hatte er eindeutig einen Vorteil anderen Vätern gegenüber. Das schrieb er auf. Natürlich hatte sie ihm geantwortet. Natürlich hatte sie ihm erklärt, dass Mütter sich um ihre kleinen Kinder kümmern müssten. Dass weniger Zeit für die Väter bliebe, und vor allem, dass sie keine Zeit habe, dauernd seine Zettel zu lesen. Aber John schüttelte vehement den Kopf. Er sah das nicht so. Er fühlte sich vernachlässigt und die Menge der Zettel nahm rasend schnell zu. Ständig fiel ihm irgendetwas ein, was sie für ihn tun sollte und jedes Mal war es von größter Wichtigkeit. Einmal stand der Rollstuhl zu nah beim Fernsehen, ein andermal zu weit weg. Einmal war es im Zimmer zu kühl, dann wieder zu warm. Einmal sollte sie ihm vorlesen, bis er einschlief, ein andermal ihm seine heiße Milch bringen. Und wenn sie nicht regelmäßig genug nach ihm sah und die Menge der Zettel zu groß wurde, hämmerte er mit irgendetwas so lange gegen die Wand, bis sie endlich kam, um einen verärgert schauenden John vorzufinden, der mit ungerührter Miene auf den Stapel Zettel neben sich zeigte. Dann beschwerte er sich auch noch, dass er Johnny nicht oft genug zu sehen bekam. Als die Menge der Zettel schließlich derart zunahm, dass sie nicht mehr nachkam, sie überhaupt nur zu lesen, geschweige alle Aufträge von John zu erledigen, warf sie die Hälfte davon ungelesen in den Papierkorb. So wichtig konnte es nicht sein, was darauf stand, beruhigte sie sich verdrossen, John sollte froh sein, dass sie sich überhaupt um ihn kümmerte. Und außerdem hatte er sich alles selbst eingebrockt. Hätte er sich nur damals nicht so aufgeregt.

Johnny hingegen war ihr ganzes Glück. Endlich war ihr Johnny da, ihr Johnny, auf den sie so lange gewartet hatte. Ihr Johnny, von dem sie überhaupt nicht mehr gedacht hatte, dass er noch käme. Aber jetzt war er da. Sie trug ihn auf Schritt und Tritt mit sich herum, sprach mit ihm, sang ihm vor, suchte ihm ein schattiges Plätzchen im Garten vor dem rosablühenden Rhododendron. Mehrmals am Tag besuchten sie John in seinem Zimmer, und John durfte ihn im linken Arm halten. Mehr ging nicht. Irgendwann später würde Johnny auf Johns Knie klettern. Irgendwann würde er ihn ansprechen und ihm Fragen stellen, und er würde niemals eine Antwort erhalten. Niemals würde Johnny die Stimme seines Vaters hören. Und bis Johnny erst all die Zettelchen lesen konnte, würde es noch Jahre dauern. Was würde Johnny über seinen Vater denken? Und was dachte John über Johnny? Was hätte er alles mit ihm unternehmen können. Und wie viel Spaß hätten sie zusammen gehabt. Es wäre Johns ganzer Stolz gewesen, Johnny die elektrische Eisenbahn im Geschäft zu zeigen. Überhaupt all die Sachen in seinem Geschäft. In seinem Geschäft, in dem tagtäglich so viele Kinderträume wahr wurden. Das Leben kann so ungerecht sein. Es war so ungerecht zu John, und es tat so weh, es mit anzusehen. Aber war es nicht auch ungerecht zu Johnny, der einen Vater hatte und doch keinen? Und war es nicht auch ungerecht zu ihr?

Weitere Wochen und Monate vergingen, und der Alltag, der sich wieder einmal neu formiert hatte, vereinnahmte sie glücklicherweise so, dass wenig Raum für trübe Gedanken blieb. Sie erinnerte sich nur noch dunkel an Einzelheiten. Es war so lange her. Irgendwann lernte Johnny krabbeln, sitzen und schließlich laufen. Irgendwann lernte er Schuhe anzuziehen und Türen aufzumachen. Irgendwann begann er selbst zu John ins Schlafzimmer zu laufen, auf seinen Schoß zu klettern und mit den Zettelchen zu spielen. Und irgendwann ... sie biss sich auf die Lippen. Nein, sie wollte es nicht sehen. Nein! Doch es war schon zu spät. Das Bild schob sich vor ihre Augen. Das vergessen geglaubte, nein! Nein! Nicht jetzt, nicht heute, nicht hier. Sie schloss die Augen, riss sie wieder auf, als könnte sie die Bilder verscheuchen. Sie lief hinaus in den Garten, schüttelte sich, als könnte es abgeschüttelt werden und versuchte, es mit den Armen zu vertreiben. Aber sie vertrieb nur die Amsel auf ihrer Suche nach Würmern für ihre Jungen. Warum war vergessen so schwer? Warum? Sie hatte versucht zu vergessen, so lange. Sie hatte versucht, alles zu vergessen, so sehr. Und kaum war sie wieder hier, hier in ihrem Haus, hier in ihrem Garten, war alles wieder da. Alles. So hatte sie es sich nicht vorgestellt. Sie hatte sich stark gefühlt, stark genug hierher zurückzukommen. Heimzukommen. Aber es war nicht so. Hinter ihr, drinnen, war die Tür zum Schlafzimmer. Und dahinter war John.

Tränen strömten über ihr Gesicht. Sie weinte lautlos, ganz so wie sie es gelernt hatte. War alles umsonst gewesen? Sie hatte nicht vergessen. Nicht wirklich. Alles war wieder da. Sie hatte alles vergessen wollen, an einen Neuanfang geglaubt. Einen Neuanfang ohne Erinnerung. Einen Neuanfang ohne Vergangenheit. Doch es gab keinen Neuanfang ohne Vergangenheit. Es gab ein Leben davor und eines danach, eines, das jetzt begann. Sie begriff, dass es kein wahres Vergessen gab. Schon gar nicht hier. Dort hatte sie geglaubt, vergessen zu haben. Hier war alles wieder da. Als sei sie niemals fort gewesen. Sie begriff, dass sie nicht davonlaufen konnte. Nicht vor ihrer Vergangenheit, nicht vor ihrer Geschichte, nicht vor John. Es war schneller gewesen als sie, es hatte sie wieder eingeholt. Sie schloss die Augen und ließ geschehen, was geschehen wollte.

Sie hörte Johns Hämmern. Johns wildes dramatisches Hämmern. Sie war nicht gleich hinübergelaufen. Sie war im Garten gewesen und hatte es erst gar nicht gehört. Sie kannte dieses Hämmern. Wahrscheinlich hatte er wieder Dutzende von Zetteln geschrieben. Aber John hämmerte wie verrückt. Als sie es nicht mehr aushalten konnte, legte sie die Gartenschere zur Seite, wusch sich, wie sie es immer tat, in der Küche die Hände und ging zum Schlafzimmer hinüber. Die Tür stand halb offen. Sie zögerte, ahnte, trat ins Zimmer, schrie. Sie stürzte zu Johnny, der regungslos auf dem Boden lag. Sie stürzte zu John und schrie ihn an. Sie stürzte ans Telefon und schrie hinein. Der Notarzt kam nach einer Ewigkeit. Sie wartete auf dem Gang. Wie schon einmal. Sie wartete eine Ewigkeit. Dann wurde Johnny herausgefahren. Er lag unter einem weißen Tuch. Sie konnte sein Gesicht nicht sehen. Sie sprang auf. Die Schwestern hielten sie fest. Nein! Johnny verschwand in einem anderen Raum. Nein! Einer der Ärzte sagte etwas zu ihr, aber sie hörte es nicht. Sie wollte es nicht hören. Johnny! Jemand drückte sie auf einen Stuhl. Johnny! Jemand gab ihr eine Spritze. Johnny! Jemand legte sie auf eine Liege. Johnny!

Sie wusste nicht, wie lange sie geschlafen hatte. Es mussten Wochen gewesen sein. Sie hatte in ihrem Bett gelegen. Sie hatte in ihrem Bett gelegen und gewartet. Sie hatte darauf gewartet, dass Johnny wiederkäme. Tag für Tag. Woche für Woche. John hatte neben ihr gelegen. Tag für Tag. Woche für Woche. Sie hatte nichts gesagt, kein einziges Wort. Und John hatte nichts geschrieben, kein einziges Wort. Vielleicht waren es auch Monate gewesen, sie wusste es nicht. Es gab keine Zeit mehr. Es gab eine Vergangenheit, die unendlich weit zurück lag, aber es gab keine Zukunft mehr. Es gab nichts mehr. Gar nichts mehr. Nichts mehr außer John. Aber John war still. John starrte an die Decke und rührte sich nicht. Alles war tot.

Vielleicht waren es auch hundert Jahre gewesen, die sie geschlafen und gewartet hatte. Als sie sich schließlich irgendwann erhob, wusste sie, dass sie nicht mehr zu warten brauchte. Es war zu Ende. Ihr Leben war zu Ende. Sie hatte das Gefühl, nie mehr wirklich lebendig zu werden. Sie würde tot bleiben, tot für immer und ewig. Es gab überhaupt keinen Grund wieder lebendig zu werden. Es gab keinen Grund, nicht tot zu sein. So war es am besten. Dann wollte auch John sich erheben. Er brauchte ihre Hilfe. Aber sie konnte ihm nicht helfen. John streckte seinen gesunden Arm nach ihr aus. Sie sagte, sie könne ihm nicht helfen, sie sei tot.

Weitere hundert Jahre vergingen. John schob ihr einen Zettel hin, auf dem geschrieben stand: Warum hilfst du mir nicht? Mir hilft auch keiner, schrieb sie zurück. Ich kann dir nicht helfen, schrieb John. Ich dir auch nicht, schrieb sie. Ich brauche dich, schrieb John. Ich brauche Johnny, schrieb sie. Warum hast du dann nicht besser auf ihn aufgepasst? schrieb John. Ich hasse dich, schrieb sie. Ich kann nichts dafür, schrieb John. Es waren deine Tabletten, die er geschluckt hat, schrieb sie. Ich hasse dich auch, schrieb John.

Für sie stand fest, dass John Johnny umgebracht hatte, um ihr das Wichtigste im Leben zu nehmen, ihren Sohn. Sie sollte wieder ganz und gar für ihn da sein, für ihn Zeit haben, für seine Wünsche und Bedürfnisse. Für seine Zettel. John hatte Johnny nie wirklich akzeptiert. Nie geliebt. Deshalb litt er jetzt auch nicht. John hatte nie geglaubt, dass Johnny sein Sohn war. Deshalb war er froh ihn los zu sein. Ja, ja, es war ganz richtig, was er sagte: Er brauchte sie! Natürlich brauchte er sie. Und für Johnny gab es da keinen Platz. Was wollte er auch ohne sie machen? Nichts! Gar nichts konnte er ohne sie machen. Und dann war er noch nicht einmal dankbar, hatte ihr noch nicht einmal das Kind gegönnt. Das, was sie am meisten geliebt hatte. Aber das war wohl das größte Problem gewesen. Dass sie Johnny mehr geliebt hatte als ihn. Und nun seine Rache, seine Rache dafür, dass sie schwanger geworden war, obwohl sie ihm Jahre zuvor gesagt hatte, er könne niemals Vater werden. Er hatte sich gerächt, und sie hasste ihn dafür.

John schrieb, sie hätte die Tabletten niemals herumliegen lassen dürfen. Sie hatte gewusst, dass Johnny Türen aufmachen konnte. Sie hatte gewusst, dass Johnny gerne zu ihm kam, zu ihm, seinem Vater. Aber sie hatte es immer verhindern wollen. Er wusste, dass sie immer versucht hatte, Johnny von ihm fern zu halten. Sie hatte Johnny ganz für sich allein haben wollen und ihn damit gequält, dass er ihn nur sehen durfte, wenn sie es zuließ. Sie hatte es ausgenutzt, dass er hilflos war und sich nicht wehren konnte. Am liebsten wäre sie ihn, John, losgewesen. Am liebsten hätte sie doch mit Johnny alleine gelebt. Er hatte von Anfang an nur gestört. Er war ihr ein Klotz am Bein gewesen. Er taugte zu nichts mehr und nutzte niemandem mehr. Vor allem nicht, nachdem sie endlich ein Kind hatte. Und sie hatte sich dafür gerächt, dass er ihr keinen Johnny hatte schenken können. Das war die Wahrheit. Das war seine Wahrheit. Und dafür hasste er sie.

Wieder verging eine zähe Ewigkeit von unzählbarer Zeit. Das Leben ging wider Erwarten weiter, obwohl sie sich leer und leblos fühlte, obwohl sie einfach überhaupt nichts fühlte. Nichts, außer der Unerträglichkeit jedes einzelnen Tages und jeder einzelnen Stunde, die sie leben musste und doch tot war. Aber das Leben ist hartnäckig. Es geht einfach weiter, ob man es will oder nicht. Es fragt nicht. Es kümmert sich nicht. Es zwängt einem seinen Alltag auf, mit aller Gewalt, und irgendwann stellt man fest, dass man noch immer lebt, dass es weitergeht, dieses verhasste Leben, dieser verhasste Alltag, dieser winzige Rest, der blieb. Sie war eine Hülle, die das tat, was unbedingt getan werden musste. Was John fühlte, wusste sie nicht. Er schrieb keine Zettel mehr und sie sprach nicht mehr.

Der Film wurde blasser, die Bilder lösten sich auf. Warum war sie zurückgekehrt? Was hatte sie gehofft hier zu finden? Dort, wo sie gewesen war, wollte sie ihren Frieden finden.

Sie hatte geglaubt ihn hierher mitnehmen zu können, hierher in dieses Haus, in ihr Haus. Nachdem ihr klar geworden war, dass sie ohne Johnny weiterleben musste, wollte sie auch ohne John leben und war gegangen. Mitgenommen hatte sie nichts. Nur ihre Gedanken und Gefühle musste sie mitnehmen. Die konnte sie nicht zurücklassen. Aber dort wollte sie sie ablegen, abstreifen, wie eine alte Haut. Es gab so viele Gefühle, die sie nicht mehr mit sich herumtragen wollte. Da war das Gefühl, ihr ganzes Leben John gegeben zu haben. Das Gefühl, ihm zuliebe auf so vieles verzichtet zu haben. Ihm zuliebe so oft geschwiegen zu haben. Ihm zuliebe so vieles geopfert zu haben. Ihm die Gestaltung ihres Lebens überlassen zu haben. Und sie hatte immer versucht, sich darin zurechtzufinden. John war stark und erfolgreich gewesen. Sie war erst stark und erfolgreich gewesen, als er schwach und krank war. Als er nicht mehr konnte wie er wollte, da konnte sie was sie wollte. Aber erst dann. Und John hatte das nie akzeptiert. Er wusste, dass er seine Macht verloren hatte und wollte sie wiederhaben. Und in gleichem Maße, wie er seine Macht verloren zu haben glaubte, wuchs sie in noch größerem Maße. Seine Krankheit und seine Hilflosigkeit hatten ihn ohnmächtig und übermächtig zugleich gemacht. Und sie selbst? Auch sie war mit einem Male ohnmächtig und mächtig gewesen. Zettel zu schreiben war Macht über sie. Sie nicht zu lesen, war Macht über ihn. Und Johnny? Er war der Katalysator. Der Auslöser, an dem sich alles entzündet hatte und der ihnen dann bei ihrem unwürdigen Spiel gedient hatte. Beiden. Und mit Johnny ging der Glauben an die große Liebe endgültig verloren. Sie glaubte an den großen Hass. Als sie ging, war sie gegangen, weil sie ihm ein letztes Mal beweisen wollte, dass auch sie Macht hatte. Die Macht ihn allein zu lassen. Das war das Schlimmste für ihn, schon immer. Aber sie wollte, dass er das Schlimmste erleben sollte, weil auch sie das Schlimmste erleben musste.

Und doch war sie zurückgekehrt. Was sie nicht geahnt hatte war, dass John oder vielmehr die Gedanken an ihn, sie auch dort nicht in Ruhe lassen würden. Sie ihn nicht einfach abstreifen konnte wie eine alte Haut. Zeit bringt Erinnern und wenn es schon keine Zukunft zu geben schien und die Gegenwart ein trostloses Ableben von Zeit war, dann blieb einzig die Vergangenheit, das, was war. Sie hatte versucht zu vergessen. Aber Vergangenheit lässt sich nicht vergessen. Sie lässt sich höchstens anders betrachten. Und jetzt stand sie hier in ihrem schönen alten Haus, schaute in ihren schönen alten Garten, und alles war wieder da. Der Film ihres Lebens hatte sich abgespielt und sie hatte zugeschaut, wehmütig und gerührt, traurig und enttäuscht, am Ende voller Schmerz, Leid und Wut. Und John war ein Teil darin. Ein wichtiger Teil, ein Teil ihres Lebens. Sie wusste nicht, was sie tun sollte, jetzt und hier. Gehen, einfach wieder gehen? Aber wohin? Sie hatte kein anderes Zuhause. Nirgends. Bleiben, einfach bleiben. Aber wozu?

Ein letztes Mal beschloss sie in den Garten hinauszugehen, der einst ihr ganzer Stolz gewesen war. Jede Pflanze hatte sie gekannt, jede Blüte, jeden jungen Trieb. Nun war alles verkümmert. Nichts war mehr übrig von der einstigen Pracht. Sie zerrieb ein braunes welkes Blatt des Rhododendrons zwischen den Fingern. Es war trocken und dürr. Es war tot. Sie fühlte sich schuldig. Warum hatte sie das zugelassen? Warum hatte sie alles aufgegeben? Der Rhododendron hatte sie gebraucht. Er konnte ohne Pflege nicht leben. Er konnte ohne Liebe nicht leben. Es war alles ihre Schuld. Es war ihre Schuld, dass alles so weit gekommen war, dass er trocken und dürr und tot war. Plötzlich hörte sie etwas in sich. Etwas meldete sich. Ganz leise erst, dann lauter. Es tut mir so Leid, hört sie sich flüstern. Es tut mir alles so Leid. John hatte sie geliebt. Er hatte sie immer geliebt, auf seine ganz besondere Weise. Und er hatte es ihr gezeigt, so wie er es konnte. Er wollte sie halten, festhalten, weil er Angst hatte sie zu verlieren. Er hatte sie gebraucht, weil er sie liebte. Und nicht anders herum. Er hatte sie geliebt schon bevor er sie brauchte. Tränen strömten ihr übers Gesicht. Aber die Tränen fühlten sich anders an. Es waren andere Tränen. Andere Tränen als früher. Sie rannen über ihre Wangen, ihr Kinn, tropften auf den Rhododendron und schließlich auf die trockene Erde. Und mit jeder Träne erreichte ihr unermessliches Bedauern die Erde. Verzweifelt suchte sie zwischen den welken Blättern nach etwas Grünem, etwas Neuem, etwas Lebendigem. Sie brach die morschen Zweige ab und ließ sie auf die Erde fallen. Sie suchte. Sie suchte nach Leben. Den letzen Rest, sofern es ihn noch gab.

Und sie fand ihn. Sie fand ein winziges bisschen Grün, einen winzigen kleinen Trieb, der sich durch die harte Oberfläche der trockenen Rinde gebohrt hatte. Ein mutiger kleiner Trieb, der weiterwachsen, der sich entwickeln will. Der stark sein muss, der es aber schaffen kann. Der neue Blätter und neue Blüten haben wird. Rosarote Blüten.

Ihr Herz schlug wie wild. Sie spürte jeden Schlag. Sie hatte doch noch Leben gefunden, ja, da war noch etwas. Da war noch etwas, das überlebt hatte, alles überlebt hatte. Etwas ganz Kleines, aber sehr Zähes. Etwas, das sich immer wieder behauptet. Etwas, das leben will. Aber sie würde es pflegen müssen. Sie würde sich kümmern müssen. Sie wollte sich kein zweites Mal schuldig machen. Sie hatte noch eine Chance, eine einzige, das wusste sie. Es würde die letzte sein. Verzeih mir, sagte sie, ich will es besser machen. Ich will auf dich aufpassen, damit es dir gut geht. Ich will mich um dich kümmern, damit du leben kannst. Ich habe noch Liebe gefunden.

Sie wischte sich die letzten Tränen aus den Augen, richtete sich auf, atmete tief durch und ging zurück ins Haus. Verzeih mir, sagte sie noch einmal, verzeih mir. Dann drückte sie die Klinke der Schlafzimmertür und trat ein.

E n d e

Christine Bernauer-Keller

»Wo bitte geht´s denn hier zum Himmel?«

Nicht ganz alltägliche Geschichten für große und kleine Erdlinge

Zärtlich und unaufdringlich, jedoch mit viel außergewöhnlichem Beobachtungsvermögen und feinsinnigem Gespür für leise Töne, gestaltet die Autorin in ihren Märchen, Geschichten und Gedichten Glückhaftes und Bedenkliches, Pädagogisches, Christliches und zutiefst Trostvolles. Ebenso wie Briefträger Jakob den Weg zum Himmel sucht, sucht ihn jeder jeden Tag, um am Ende zu erkennen, dass der Weg dorthin gar nicht so weit ist, öffneten wir nur die Augen.

Ein Buch vom Suchen und Finden, für Kinder und Kindgebliebene.

141 Seiten, brosch., 2001 Egelsbach, 9,40 €, ISBN: 978-3-9809053-1-2

Christine Bernauer-Keller

Rondo familioso für ein Sextett
oder Warum kein Meister vom Himmel fällt

Rondo familioso – der Name steht für ein ebenso gewöhnliches wie ungewöhnliches Musikstück, das zugeschnitten ist auf ein hervorragend eingespieltes Sextett, eine ganz normale Familie. Aus der Sicht der Ehefrau und Mutter beschreibt die Autorin sehr lebendig und erfrischend humorvoll das Mit- und Durcheinander des familiären Alltags, ganz so, wie er eben ist, wobei auch jedes der anderen fünf Familienmitglieder zu Wort kommt.

»Eine Liebeserklärung an die Familie .... mit viel Einfühlungsvermögen und hintergründigen Erkenntnissen ...« (Der Rotarier 5/2007)

183 Seiten, brosch., 2002 Egelsbach, 9,90 €, ISBN: 978-3-9809053-2-9

Christine Bernauer-Keller

Wer ist Johann Bleibtreu?
Novelle

Die wohlgeordnete Welt des Professor Bleibreu gerät ins
Wanken, als er zu einer Fortbildungsveranstaltung an den
Fuß der Zugspitze reist, wo er einen Vortrag halten soll.
Herausgerissen aus dem strukturierten Einerlei seines Be-
rufsalltags und der neurotischen Beziehung zu einem Rü-
ckenakt in seinem Arbeitszimmer, wird die Reise zu einer
völlig unerwarteten Entdeckungsreise ins eigene ICH.
*»Spannend ist es, das Scheitern des Professors zu verfolgen.
Die Sprache fesselt den Leser ebenso wie die Geschichte, die
unvorhergesehen, aber offen, endet.« (Die Rheinpfalz)*

132 Seiten, brosch., Dahn 2003, 9,90 €, ISBN: 978-3-9809053-0-5

Die o.g. Bücher sind beziehbar über:
Christine Bernauer-Keller, Felsenstraße 10, 66994 Dahn,
Fax 06391/5544, Tel. 06391/2811, oder den Buchhandel und
online-Buchhandel